DU MÊME AUTEUR

Au Mercure de France

MAUPASSANT, LE CLANDESTIN, 2000 (Folio n° 3666)

UN HOMME À LA MER, 2004 (Folio n° 4526)

GASTON ET GUSTAVE, 2011 (Folio n° 5692). Prix Décembre

Aux Éditions Albin Michel

BASSE SAISON, 1991

LA VIE SERA PLUS BELLE, 1994

PORT D'ATTACHE, 1998. Prix François Mauriac de l'Académie française et prix Henri Queffélec

Chez d'autres éditeurs

ROGER NIMIER, LE TRAFIQUANT D'INSOLENCE, 1989, La Table Ronde, La Petite Vermillon. Prix des Deux Magots

SOUVIENS-TOI DE LISBONNE, 1998, La Table Ronde, La Petite Vermillon

PORTS MYTHIQUES, Le Chêne, 2002

ESQUISSES NORMANDES, National Geographic, 2002

NORMANDIE, photographies Hélène Bamberger, National Geographic, 2004

VIETNAM, photographies de Nicolas Cornet, Le Chêne, 2004

MASSAWA, photographies Hugues Fontaine, Éditions des Équateurs, 2004

LA GRANDE NAGEUSE

Olivier Frébourg

LA GRANDE NAGEUSE

ROMAN

MERCVRE DE FRANCE

Pour Alice, Anne, Juliette, Marie-Gabrielle

Le paysage est dans la femme et la femme dans le paysage.

WILLEM DE KOONING

Si Dieu était absent du monde, il ne serait pas non plus en vous.

PLOTIN

I

À cet âge, elle, la Bretonne au sang vietnamien, ressemblait à une Iroquoise.

Je revois son visage géométrique sur le court de tennis du Bois d'Amour. Les pins maritimes, le parfum des résineux, la pointe du Conguel, la chapelle Saint-Clément. Avait-elle dix ans ?

Nous vivions sur la presqu'île et suivions les cours de tennis donnés par la municipalité. Elle prenait des leçons particulières avec notre professeur d'origine argentine. Elle ne nous concédait aucun regard mais ne nous intéressait pas. Sa mère concentrait notre dévoration : la belle Gaëlle, une grande blonde, aux cheveux coupés à la garçonne dont la mèche en dégradé recouvrait le front jusqu'au-dessus des sourcils. Jamais nous n'avions vu des jambes aussi longues et lisses que deux mâts de goélette.

La belle Gaëlle était une curiosité sur la presqu'île. Elle roulait dans une Volkswagen Coccinelle cabriolet. Son père, un Breton, avait épousé une Vietnamienne qu'il avait installée dans le golfe du Morbihan. De ce mariage était née une fille unique, la belle Gaëlle, qui dépassait d'une tête toutes les autres filles et dont personne, pas même les Parisiennes en villégiature, n'aurait songé à disputer la beauté.

Une blondeur d'un roux de flamme sous le soleil, des yeux bleus, bridés, des pommettes hautes et une peau couleur résine, cette même résine que nous respirions au Bois d'Amour et que nous faisions couler avec nos canifs en écorchant le tronc des arbres.

À côté, sa fille nous semblait un fruit noir. Tantôt Marion venait au tennis avec sa raquette sur son porte-bagages, tantôt sa mère l'accompagnait dans sa décapotable. La belle Gaëlle nous affolait quand elle allait saluer notre professeur, Sebastian, que nous surnommions Guillermo en hommage à Vilas, champion et poète dont nous admirions l'élégance du frappé. La percussion caoutchouteuse de la balle, amortie ou violente, fouettée ou enrobée, figurait à nos yeux une copulation furieuse. Après la leçon, nous nous retrouvions entre copains à la pointe du Conguel où nous fumions des gauloises bleues et faisions des concours d'éjaculation face à Belle-Île.

Gaëlle avait fini par se confondre avec notre presqu'île. Elle se détachait, inaccessible, et nous, naufragés à bord de notre chaloupe, nous criions à tous les vents, désespérés de ne pouvoir atteindre cette plage absolue.

L'été, nous suivions des cours de voile au Fort Neuf, à Port-Haliguen. Nous étions déjà sur Vaurien quand Marion commença l'initiation à l'Optimist. Sa mère passait l'après-midi sur la plage, souvent entourée de trois autres petits enfants, les sœurs et le frère de Marion. Je me souviens de son short beige qui la faisait ressembler à une aventurière dans la brousse africaine.

Au soleil, le sang vietnamien de la belle Gaëlle affleurait et sa peau devenait d'une couleur de bois brûlé que l'on distinguait immédiatement sur une plage de Bretagne. Nous pensions qu'elle nous regardait comme des hommes au caractère trempé quand nous nous exercions à dessaler sur le plan d'eau. Nous devions faire chavirer volontairement le bateau, ne pas céder à la panique dans l'écheveau des bouts, ne pas être effrayés par la grand-voile blanche devenue un linceul sous-marin, nous mettre sous la coque, ultime capsule d'oxygène. Et quand juchés sur notre dérive, nous essayions de tout notre poids de redresser les Vaurien nous ressemblions à des chimpanzés accrochés à des troncs d'arbre. La belle Gaëlle – nous étions trop loin du rivage pour qu'elle entendît nos râles d'effort – ne levait pas les yeux de son livre. De nos voiliers rouges, nous essayions de nous faire remarquer en effectuant des arrivées de plage à vive vitesse, en enlevant la dérive au dernier moment ou en portant à bout de bras les bateaux jusqu'à la cale de stationnement. Elle n'accordait aucun regard aux nains que nous étions, engoncés dans nos boléros orange qui auraient permis de nous suspendre à une patère.

Imperturbablement, quand Marion avait terminé son cours de voile, la belle Gaëlle laissait la surveillance des trois petits à son aînée et allait se baigner, longue ligne droite que l'on finissait par perdre de vue. Le plan d'eau semblait s'ouvrir devant ses mouvements d'épaules parfaits. Nous restions sur le sable tandis que notre monitrice nous enjoignait de rejoindre le fort en nous donnant du « mes petits canards en sucre ».

Plus que le tennis, la voile était notre respiration. La brise et un franc clapot suffisaient à nous faire rire. Il n'y avait plus de tourment. Nous labourions la baie de Quiberon, bordant les voiles pour bloquer l'hémorragie de notre sève.

En face, La Trinité, Carnac, nos points d'extension. Le bleu cobalt de la baie semblait aussi épais que la laine de nos pulls marins. Le Fort Neuf qui abritait l'école de voile nous donnait l'illusion d'être des chasseurs de trésor.

Marion au fond de son bateau comme dans un berceau et son visage aussi fermé que l'avant de son Optimist. La plage du Fort Neuf où nous aurions voulu retenir prisonnière, emmurée même, la belle Gaëlle. Et les petits avions – Cessna, monomoteurs – qui atterrissaient, en s'alignant sur une grande cible noir et blanc en ciment, point de repère des pilotes.

À seize ans, quand il nous fallut laisser le Fort Neuf pour suivre les cours de l'école de voile de Saint-Pierre-Quiberon, nous n'avons eu qu'un regret, quitter des yeux la belle Gaëlle. À toute occasion, nous essayions de revenir à la plage du Fort Neuf mais elle ne l'élisait que lors des stages de sa fille. Sinon, selon l'orientation des vents, elle allait à la plage du Goviro, de Kermorvan, ou de Saint-Julien, tandis que le rendez-vous des adolescents bruyants que nous étions s'établissait à la Grande Plage.

La Grande Plage que nous n'avions jamais perdu de

vue depuis l'enfance et le boulevard Chanard saturé par le parfum de praline et de caramel des confiseurs. Nous la foulions depuis le temps où nos familles louaient des tentes carrées, orange, délavées. Celles des nouveaux estivants étaient à rayures bleues et blanches. Ici, nous avions appris à sauter sur les trampolines et à nager au club Mickey. Marion, elle, avait été inscrite au plus chic club des Bélugas. Mais je n'ai aucun souvenir d'elle à cette époque-là. La Grande Plage nous permettait de rejoindre rapidement la route de Port-Maria, où dans le garage d'un ami, nous dansions nos premiers slows – *Many Rivers to Cross*, *A Whiter Shade of Pale* – éclairés par une rampe de trois spots rouge, vert, bleu, qui nous faisait penser au vieux phare de Quiberon. Et nous entendions le mugissement de la sirène de l'*Acadie*, appareillant pour Belle-Île, quand nous embrassions les filles dont nous pétrissions un sein en confondant leur soupir avec un alléluia.

Le sable de la Grande Plage était si fin, si doux, parfois si brûlant qu'il semblait artificiel. En comparaison, celui du Fort Neuf était plus grossier, mélange de gravier et de mica. Quelle que soit la plage, après les grands soleils de juin, la peau de la belle Gaëlle devenait ambrée.

Elle jouait aussi au tennis mais au club des Dunes derrière la Grande Plage. Trois courts de terre battue où je l'avais vue une fois de dos, en jupe à plis, alors que je passais à vélo rue de la Bonne-Fontaine. J'avais eu le souffle coupé d'entrapercevoir ses muscles dessinés par l'effort.

Elle ne semblait préoccupée que de son corps et de ses enfants comme si le monde environnant n'existait que pour et par elle-même. On la savait originaire de Vannes. Son mari était médecin. On disait qu'elle allait voir chaque semaine un poète qui habitait la presqu'île et dont les livres étaient publiés à Paris.

La belle Gaëlle nous obséda jusqu'à l'âge où nous devînmes pensionnaires au lycée de Vannes. Je me souviens d'avoir revu Marion cette année-là. C'était devant la gare de Quiberon. Elle portait un jean et un pull marin grenat boutonné à l'épaule. Elle avait alors des cheveux longs et des joues rebondies comme des coussinets de pattes de chat. Je descendais du train, le « tire-bouchon », qui assure la liaison omnibus entre Auray et Quiberon. Elle m'adressa un signe de la main qu'elle laissa le long de son corps. Je fus impressionné par sa taille.

Nous habitions à l'extrémité d'un plongeoir de granit et de gneiss. C'était autrefois une île peu à peu attachée par l'ensablement au continent jusqu'à former en son milieu un isthme menaçant de casser. Nous risquions de rompre la mince amarre, de perdre pied, de partir à la dérive. Nous nous considérions comme des îliens. Ce nez dans la mer avait aussi la douceur d'une conque à l'intérieur de laquelle nous nous enroulions. Il nous fallut bien la quitter pour suivre nos études. Mais nous gardions les yeux tournés vers la baie où nous revenions chaque week-end. L'hiver, la presqu'île se confinait dans l'immobilité. Mais chaque jour, un rayon de lumière venait déchirer le voile. Cette lumière à nos yeux si vive après une semaine au pensionnat dont je retiens avant tout l'odeur du linoléum des couloirs et de la nourriture du réfectoire. Nous allions encore jouer au tennis du Bois d'Amour. Le souvenir de Marion s'était effacé. Nous apercevions Gaëlle dans Quiberon au volant de son cabriolet Volkswagen mais nous étions préoccupés par des filles de notre âge, des étrangères à la presqu'île, qui soulageaient notre tension hormonale. Au fil de nos études, on aurait pu croire que nous nous éloignions à la manière de cercles concentriques dans l'eau. Mais nous ne pouvions vivre sans nos goulées d'air marin.

Ce devait être lors de mon année de maths sup que je revis encore Marion. J'étais avec Marc qui faisait partie de la bande du Bois d'Amour. Nous avions passé le début de soirée à la terrasse du Penthièvre devant la Grande Plage. Nous formions une paire depuis notre éloignement de la presqu'île, nous soutenant dans l'exil et l'affirmation de notre future vocation.

Nous avions fait la connaissance de deux Bordelaises dont la famille possédait une maison à Quiberon. Elles étaient un peu plus âgées que nous. Le père de l'une d'elles, collectionneur de vieilles voitures, lui avait prêté un cabriolet Peugeot 404. Nous avions pris place à l'arrière après avoir quitté le Penthièvre. Boulevard Chanard, je croisai le regard de Marion assise sur la balustrade. Un éclair de dédain pour notre exhibition de fanfaron. Je vis que ses traits avaient changé. Le masque de l'Iroquoise était tombé, le Vietnam avait affiné ses traits et étiré son visage. J'eus honte de notre étalage. Comme si Marion portait la condamnation de toute la presqu'île à notre égard.

Nous avions modelé notre île en fort. Il aurait pu ressembler à celui de Port-Haliguen ou de Penthièvre.

Nous avions élevé des murs de pierre pour nous protéger du continent dont nous percevions inconsciemment l'hostilité. Nous nous tournions vers la mer, notre sang et plus tard notre labeur. Le phare de la Teignouse dans l'alignement de la pointe du Conguel marquait la limite de nos ébats. Reclus, nous jouissions de notre sauvagerie maritime, et nos parents nous laissaient arpenter sans crainte ce territoire que nous connaissions chaque année avec un peu plus d'assurance.

Nous faisions du cabotage comme nos pères – celui de Marc, chef mécanicien, et le mien, capitaine de Marine marchande – à la Compagnie nantaise des Chargeurs de l'Ouest absorbée peu après notre naissance par la Nouvelle Compagnie havraise péninsulaire qui se fondrait dans la Société morbihannaise et nantaise de Navigation. Personne ne nous demandait d'embrasser la vocation maritime puisque nous vivions sur une presqu'île qui, côté baie, semblait apprivoisée, balnéaire, et côté océan, rebelle et tempétueuse. Nous appréhendions cette côte sauvage avec crainte et respect. Nous la connaissions dans ses criques et détours, ses langues de sable et ses rochers. C'était notre baie des Trépassés : elle frappait tout le temps, à chaque saison, des promeneurs, des nageurs, des navigateurs. Elle exigeait une rançon perpétuelle au genre humain. Comme un monstre des profondeurs balayant tout d'un coup de queue puis se tapissant dans le silence qui suit le fracas. C'était notre apprentissage, la barre qu'il fallait franchir si nous voulions être des hommes de maîtrise et de liberté. Les lames de fond ne sculptaient pas seulement la côte, elles nous apparaissaient comme le génie du mal. Jamais nous n'aurions prétendu dominer ces huit kilomètres que nous prenions pour l'antre du Diable. Et pourtant nous aimions tant les plages de Port Blanc, de Port Rhu, de Port Bara et de Port Goulom, nos quatre points de transgression.

Cette liberté reçue comme un brevet de chevalerie dont il fallait se montrer digne. Aucune sévérité de la part de nos parents. Quelques principes seulement. Pas de politique. La Joie. Nous étions avant tout bretons, épargnés par les maux du continent et de l'actualité. La nature. Déployer son corps. Le tennis, la voile, le foot aussi. Nous allions soutenir dès que possible le Stade rennais, dont les joueurs étaient nos idoles. Nous passions à l'école, au collège, au lycée avec insouciance. L'église nous intriguait mais nous avions été renvoyés du catéchisme pour indiscipline. Notre île était de toute façon d'essence divine : les fleurs, les genêts, les bruyères, les arméries maritimes, la forme des rochers, le golfe, cette piscine romaine. Ma mère suivait encore les pardons, croyait aux jeteuses de sort, à cette pensée magique. Sa jeunesse beatnik l'avait empêchée à temps de porter les coiffes bretonnes de sa mère. La musique pop venue de Grande-Bretagne l'avait sauvée du biniou même si elle était engagée dans la mouvance indépendantiste des années 70. Il y avait encore dans notre garage des affiches du Front de Libération de la Bretagne.

Mon père n'exigeait rien de nous. À la maison, il était heureux de nous retrouver après un embarquement de plusieurs semaines. Aucune sévérité. L'idée selon laquelle la vie est une plaisanterie et qu'il faut s'en sortir. La seule vraie autorité, c'était la mer vers laquelle nous tendions. Avec le temps, nous nous étions promis d'en connaître les profondeurs. La vérité était là, dans cette masse sombre et bleutée. La baie avec ses deux bras nous enveloppait. Un jour, il faudrait bien s'éloigner, s'enfoncer dans les déferlantes, ramer, border, gouverner, au milieu des divinités qui décideraient de notre sort. Nous dériverions, nous abandonnant à la joie de l'océan qui ne vieillit pas. Seul le ciel change. Les nuages courent, défilent.

Nous vivions en mer, libres sans jamais subir l'angoisse de la séparation. Nous n'avions connu le pensionnat qu'à l'âge de quinze ans. Nos parents avaient été internes dès la sixième. Ils en avaient ressenti un terrible froid, une solitude de fond. « Maudit pensionnat, maudits curés », répétait mon père. Ma mère conservait un souvenir plus tendre des Ursulines de Quimperlé.

Nous avions abordé joyeux les années de lycée. Elles correspondaient à la montée en première division du Stade rennais. Sur la route, mon père nous parlait de la finale de coupe de France en juin 1971 contre l'Olympique lyonnais. Au volant de sa Renault 16 gris-bleu, gitane aux lèvres, fenêtres ouvertes, il devenait lyrique en évoquant le penalty de la victoire. Avais-je vraiment conscience de la Bretagne des années 70 ? Les trains pour Paris aux wagons verts avec des photos en noir et blanc d'Audierne et de Bénodet. L'année de mon bac, mon père acheta une voiture italienne, une Lancia Beta 1600 couleur sable. Et ce fut un changement d'époque. Une autre vie s'ouvrait à nous.

Pendant nos deux années de classes préparatoires, c'était

travail toute la semaine jusqu'au samedi soir où nous allions danser dans une discothèque à ciel ouvert à Penthièvre. À marée basse, nous respirions à plein nez les parfums d'algue et de vase du golfe de Plouharnel. À marée haute, dans la nuit, le ciel et la mer se confondaient dans la même encre de Chine. Les baisers avec les filles, profonds, chauds. La vie fluide et piquante. Pas de guerre des sexes. Elles travaillaient et avaient un sens spontané de la fête. Certaines étaient avec nous en maths sup, d'autres en hypokhâgne ou encore à l'école d'infirmières. Elles nous impressionnaient. Nous les emmenions en mer. Nous avions peur de passer pour des butors. Elles nous avaient polis. J'étais un élève moyen en classes préparatoires. Grâce à mes copains qui considéraient les maths comme une musique et ont été admis pour la plupart à Centrale ou Sup Élec, j'ai été reçu à l'École navale.

De ces trois années au Poulmic, je garde le souvenir d'une belle récréation. Immédiatement, j'ai détesté les cérémonies militaires. C'est étonnant : je n'ai jamais cru au drapeau français, trop terrien, seulement aux pavillons maritimes qui favorisent la liberté des mers. Je me prenais pour un exilé. Le stage d'intégration au fort du Tourlinguet ressemblait à une épreuve sportive. L'encadrement essayait de nous faire croire que nous étions des militaires, bientôt des commandants et l'un de nous peut-être le futur chef d'État-major de la Marine ou des Armées. À part deux ou trois noms à particules, cela nous faisait doucement rigoler.

Rien ne nous a paru plus beau que notre premier embarquement à bord de nos goélettes l'*Étoile* et la *Belle-*

Poule, bâtiments-écoles. Deux oiseaux blancs frappés de la croix de Lorraine, deux résistants dans l'univers des bateaux gris. Nous pénétrions le secret de la baie du Poulmic couleur améthyste. Son innocence jusque dans sa violence. Nous formions une communauté à l'écart de l'agitation du monde.

Étrange confrérie appelée à servir l'universalité des mers et qui s'enroulait au pied du Ménez-Hom comme le méandre de l'Aulne autour de l'île de Térénez. Là se trouvait le cimetière de nos vieux bateaux gris. Et nous serions destinés à naviguer entre les morts et les vivants, dans les brumes et la lumière vive. Le week-end, nous dégagions. Nous sortions dans le monde, à Paris, Brest, Rennes ou Nantes. En ville, nous devions faire des efforts, nous civiliser. C'était plus compliqué que d'exécuter des ordres à bord d'un bateau. Nous roulions de nuit, rentrions à l'école juste avant l'aube. Tout allait très vite. Nous serions chef de quart à vingt-trois ans.

La première année, je passais beaucoup de temps avec mes copains, les Bordaches. En deuxième année, j'ai eu une petite amie, Christine, et je me suis mis à peindre. À force de regarder la mer, de faire des relevés, de tracer avec la règle Cras des routes, j'ai pris pour de bon un crayon. On veut toujours cultiver une inclination qui n'est pas dans la logique de notre destinée surtout dans une vie de militaire. La peinture a été mon pas de côté. Christine, étudiante en psychologie, m'a fait comprendre que je pouvais suivre Navale sans devenir un personnage mécanique. Que la peinture était comme la mer une façon de donner de la beauté à la vie et d'apprivoiser sa folie. Ses parents étaient enseignants d'anglais à la faculté de Rennes. Pour elle, tout était combat et engagement politique. Elle m'est apparue comme une étrangère dont j'ai été amoureux. Nous passions des week-ends à Londres, Amsterdam, des vacances d'été à New York. Elle m'a fait aimer Van Dongen et De Kooning. Et après New York, je me mis à travailler la peinture plus sérieusement.

Il y avait certes des peintres de la Marine mais la peinture était souvent un divertissement concédé aux femmes d'officiers généraux comme l'art de la chorale, des jardins ou les clubs de lecture. Un temps, j'ai fait de la peinture ma plus sûre clandestinité. Je n'en parlais pas à mes camarades qui s'étonnaient de mes habitudes dans les musées parisiens. Et puis peu à peu, à bord des bâtiments où nous étions embarqués, je n'ai plus cherché à me cacher. Je sortis mes carnets.

La rigueur, la précision et la répétition étaient les maîtres mots de notre enseignement maritime. J'essayais de m'en servir pour mes débuts en peinture. J'acquérais une rapidité d'exécution. Je me concentrais sur un détail, et l'attrapais comme un papillon. Je dessinais les vieux hangars aéronautiques de l'École navale, le parvis, le hall d'honneur, mais aussi le mât de pavillon et la nature alentour. Puis je m'attachais aux coques grises, aux hommes à la manœuvre. Un soir, après un embarquement à bord du *Tigre*, un de nos bâtiments-écoles, l'équipage, élèves, officiers mariniers et le commandant m'ont félicité de mes dessins qui récapitulaient les exercices de la journée. Un véritable esprit de camaraderie dénué d'ironie ou de jalousie. Notre jeune pacha me demandait d'être à ses côtés à la passerelle pour faire des dessins à la manière des chansons de geste du Moyen Âge. J'étais l'artiste du *Tigre*. Pour la première fois je me disais que peut-être un jour je serais peintre.

J'étudiais mes aînés. Je savais que je ne parviendrais pas à atteindre la finesse et la précision d'un Morel-Fatio, cet œil d'avant la photographie. Marin et peintre. Peintre et marin. Je m'interrogeais sur ma future vocation. Nous avions eu des capitaines-poètes au temps de Jehan Ango, des musiciens comme Albert Roussel et Jean Cras, des écrivains comme Pierre Loti et une chaloupée d'aquarellistes. Je jugeais accablant mon académisme, délaissais parfois la pratique pour étudier la théorie de la construction picturale. Après tout, nous, marins, étions des hommes de cartes, et la perspective en peinture était apparue en même temps que la cartographie. J'ai fini par aménager un atelier dans l'immense grenier de la maison de mes parents.

Je découvrais les pigments, abandonnais l'eau et la fluidité, pour m'enfoncer dans l'épaisseur. Je voulais me débarrasser de mes pinceaux d'aquarelliste. J'avais été fouetté par la pluie, le vent, le soleil. J'avais des envies d'ombre et de terre. Je songeais à plaquer Navale pour me consacrer à la peinture. J'y renonçai. J'aimais peindre les bateaux gris et ils étaient mes garde-fous. Je me raccrochais à ma presqu'île pour ne pas perdre pied. Il m'arrivait de partir seul sur le 4 20 familial et de traverser la baie jusqu'à Carnac, de plonger la main dans la gouache liquide, de me dire : « Et si je m'étais trompé », de rentrer de nuit sans feu. Mes points d'ancrage risquaient de sauter les uns après les autres. C'était comme si toutes les tempêtes de la côte sauvage remontaient en moi. Après tout, n'était-ce pas trop facile de fuir sur la mer, de glisser ? Je connaissais l'exigence pour devenir un bon commandant. Le chemin de la peinture, celui de la création et de la nouveauté, semblait au-delà de mon pauvre talent. Je m'efforçais de réfléchir, c'est-à-dire de me regarder dans un miroir, de me tenir droit. J'observais mon narcissisme, ce moi effroyable qui jusqu'alors ne m'avait pas intéressé car la presqu'île nous avait tenus à l'écart de cette intrigue.

Grâce à Christine, je trouvais l'apaisement dans le parfum des étreintes, ces petites mers fermées. J'allais de toute façon devoir partir.

La dernière année à Navale, nous embarquions à bord du porte-hélicoptères *Jeanne-d'Arc* pour un tour du monde. Il eût été romantique que Christine m'accompagnât sur le quai de Brest où toutes les familles et fiancées se retrouvaient à l'appareillage, mais nous avions décidé de notre séparation quelques semaines plus tôt. C'était dans son studio à Rennes où j'avais laissé des livres et des affaires. Elle était assise en tailleur sur la moquette. Des larmes s'étaient mêlées à ses éclats de rire. Nous n'avions plus rien à nous donner. C'était une séparation consentie. La mer avait décidé pour nous. Christine m'avait fait sortir de la province des idées.

La première nuit à bord de la *Jeanne*, alors que nous naviguions vers le golfe de Gascogne, de conserve avec l'aviso *Commandant Bourdais*, j'ai dessiné, dans ma bannette, à la lumière de la veilleuse pour ne pas réveiller mes copains de poste, Christine vue de dos, assise sur une chaise et remontant ses cheveux comme si elle les ramassait en chignon. J'avais besoin de m'imprégner de la nature des corps. J'ai compris aussi le lendemain en voulant y ajouter des touches de pastel que je ne maîtrisais pas assez bien les couleurs : je devais les laisser respirer entre elles. Christine ne me quittait plus pendant les premiers jours à bord. Je m'endormais presque en la pleurant. C'était quoi, la vie ? Réussir sa navigation, monter dans le tableau d'avancement et en grade ? J'avais envie de tout plaquer et, lors de notre première escale à Casablanca, j'envisageai de résilier mon engagement et de retrouver Christine. « C'est normal, me dit un lieutenant de vaisseau à qui je me confiai. C'est le mal du voyage. Comme le palud, ça revient par crises ! » J'ai appris que le premier devoir du marin est de maîtriser ses émotions. Cela sert aussi à ça un uniforme. Mais je devinais bien que la Marine, la société dans laquelle je vivais, voulait m'assigner un rôle. Je devais changer de position et de point de vue. C'était dans cette prédisposition que je parviendrais à devenir peintre. Pour le moment, j'étais embarqué.

Nos journées étaient occupées par les cours et les quarts. J'avais mes rêveries. Mon directeur d'études, un capitaine de frégate, me le reprochait : « C'est fini, la plaisance. Tu dois avoir un œil en même temps sur toutes les fonctions maritimes et militaires du bateau. » J'avais de l'affection pour lui. Il nous recevait chaque semaine dans son bureau. Il avait l'histoire de la *Méditerranée* de Braudel en deux volumes sur sa table de travail. Sous des allures martiales, cet ancien commando était l'un des esprits les plus fins du bord.

De Casablanca à Saint-Domingue, pendant douze jours de mer, je m'efforçais de me tenir droit et en marin. Quelques élèves qui n'étaient pas encore mariés accompagnaient les officiers mariniers dans les bordels des ports. Le matin, je me réveillais la bouche desséchée par la culpabilité, avec le visage de Christine au-dessus de moi. Cette histoire dont je percevais le bonheur révolu n'aurait jamais pu se prolonger. Christine n'aurait pas supporté les séparations imposées par la vie de marin. Elle si indépendante voulait devenir psychanalyste. Elle aurait besoin d'attache permanente, pas d'un fantôme pour l'aider dans cette navigation solitaire. À bord de la *Jeanne*, la plupart des élèves étaient déjà mariés ou fiancés. On ne plaisante pas avec les fiançailles dans la Marine : c'est une vraie promesse d'engagement. À notre âge, je trouvais cela effrayant.

Je prenais plaisir à parler avec les filles des ports. Elles nous plongeaient dans l'épaisseur du monde, ses contradictions flamboyantes. Et franchement nous préférions les bordels aux cocktails – la partie diplomatique de notre futur métier – à bord, où à chaque escale, nous recevions autorités et personnalités.

Ma renaissance commença lors de notre escale à Bora Bora. Je plongeais dans une eau lustrale. Les Polynésiennes échappaient à leur langueur naturelle, au *fiu*, quand elles dansaient. Je passais mon temps à les dessiner, cela les faisait rire. J'avais acheté dans le supermarché local, devant le monument Alain Gerbault, un livre sur Jacques Boullaire, le peintre de Bora Bora. Sur-le-champ, je me suis mis à peindre dans son style de peintre de la Marine. Le lagon et la montagne qui ressemblaient à la main de Dieu dans la verdure m'accordaient une grâce singulière. Je découvrais auprès des Polynésiennes des postures qui n'existaient pas en Occident : les corps accroupis, allongés. Devant les vahinés aux cheveux noirs, je pensai pour la première fois depuis longtemps à la belle Gaëlle, à ses cheveux blonds et courts. Je m'attachais aussi à saisir les pirogues à balancier et aux rameurs au dos puissant.

Dans cet archipel de la nudité géographique où tout semblait intact, les femmes portaient un paréo et la religion occidentale les avait un peu corsetées. Un soir – la nuit était déjà tombée – sur la plage de Matira, je vis une Polynésienne nager sous la Croix du Sud. Elle s'était déshabillée près d'un palmier et, dans l'obscurité, elle ressemblait à une vouivre. Le lendemain, j'eus l'impression de la revoir à la messe du dimanche. J'étais presque affolé par sa nuque, sa longue tresse, son profond recueillement.

Comme élève-peintre, Bora Bora m'a appris le duel du bleu et du noir. Ensuite, les escales à Pearl Harbor et San Francisco m'ont semblé bruyantes. Je me sentais nostalgique du dénuement.

Je retrouvai un peu de beauté primitive aux Saintes, l'archipel en face de la Guadeloupe. Je me sentais léger comme l'alizé. Entre la Polynésie et les Antilles, j'avais découvert une nature lourde, lente, engourdie. Je n'ai jamais eu aussi autant de joie à me baigner.

La *Jeanne* rentra à Brest après une escale à Funchal,

aux Açores, où la végétation semblait cette fois recouverte d'un vernis. Mes camarades étaient impatients de toucher la Bretagne. Je redoutais le retour qui est le temps de la métamorphose après le voyage. Mais j'avais en poche ma prochaine affectation : officier en troisième sur le batral *Francis-Garnier*, basé à Fort-de-France.

Je passai l'été à Quiberon dans un état d'hébétude. Je récupérai le vieux vélo Peugeot de ma mère avec ses roues à grand diamètre, piqué de rouille, le peignis à la bombe d'une couleur bronze et roulai tous les jours de la pointe du Conguel au fort de Penthièvre. Je sillonnais ma presqu'île et à ce retour en Bretagne, je compris que j'avais été recouvert par l'ailleurs, les tropiques, la Polynésie. J'avais franchi la ligne de l'équateur, dit adieu à ma vie de jeune homme, découvert le déchirement entre deux vocations : celle de marin et celle de peintre, entre deux mers, l'Atlantique et le Pacifique. J'avais retrouvé à Bora et en Guadeloupe l'esprit d'enfance et des morts qui me rappelait celui de nos légendes bretonnes. Maintenant, je courais les plages de la presqu'île. Je griffonnais dans mes carnets des croquis de rochers, de maisons, de bois flottés. Je traçais sur mon vélo. Je maigrissais, j'étais bronzé, j'avais les cheveux ras. Je me sentais tout sauf officier de marine.

La municipalité me demanda de faire une conférence au début du mois d'août sur la campagne de la *Jeanne* qui avait été relayée par la presse régionale. Des affiches furent placardées dans Quiberon. Je me retrouvai un soir au cinéma de la place Hoche pour une projection de diapositives. Dans l'assistance et au premier rang se trouvaient la belle Gaëlle et sa fille, Marion, presque aussi grande qu'elle. Je redoutais cette soirée. Une part de moi s'était ensauvagée pendant mon voyage et depuis mon retour je me vivais en peintre. J'avais l'impression de remettre mon uniforme. Je projetai un diaporama sur la vie à bord, nos spécialités, les exercices à l'entraînement, les escales. Je m'en sortis avec quelques traits d'humour. Mais surtout je n'ai pas raconté la part secrète de la *Jeanne*. Deux hommes m'avaient impressionné, un officier marinier, maître principal, instructeur en navigation, et l'aumônier, un dominicain, voyageur, qui m'a fait reprendre le chemin de la messe. J'avais toujours perçu Gaëlle impassible. Je vis une femme tout sourire, applaudissant à la fin de la conférence. Elle vint me voir avec Marion à ses côtés, légèrement en retrait : « Vous nous avez fait rêver », me dit-elle. Qu'aurais-je donné dix ans plus tôt pour obtenir un tel trésor ? Et au cinéma de la place Hoche, je recueillais cette déclaration avec calme, distance, comme ce général républicain avait reçu en 1795 à Port-Haliguen la reddition des royalistes des mains du général de Sombreuil.

Marion était un peu moins grande que sa mère. Je sentis toute la difficulté qu'elle avait à prononcer, plutôt à expulser sa première phrase qui semblait surmonter des obstacles entre son cerveau et sa gorge, s'enrouler puis filer d'un coup : « Tu as de la chance de vivre sur la mer. » Le soir en remontant sur ma bicyclette la rue de Verdun je me dis que c'était la première fois que j'entendais la voix d'adulte de Marion.

La belle Gaëlle et sa fille, Marion, comme dix avant, aux tennis du Bois d'Amour, deux femmes, sans homme avec elles. Soudain, je ressentais de l'indifférence. J'étais tourné vers la peinture.

Quelques jours après ma conférence, alors que je rentrais de Port Blanc, par la côte sauvage, je croisai à bicyclette Marion. Elle m'adressa un signe de la main. Je posai pied à terre. Elle s'arrêta. Elle portait un chemisier blanc et autour du cou un foulard jaune.

— Tu peins ? me dit-elle en voyant l'attirail sur mon porte-bagages.

— Ce sont les vacances, bredouillai-je comme pour souligner mon amateurisme. Et toi ?

— Je... Je vais regarder la mer.

Je sentis l'effort qu'elle devait accomplir pour articuler ces mots qui provoquèrent sur ses joues comme des marques d'ivresse. Et par peur d'être submergée, elle se leva d'un seul mouvement sur son pédalier.

À Quiberon, la circulation à vélo nous apprend à embrasser à la fois les rues perpendiculaires, la mer et le ciel. Je ne revis pas Marion et la belle Gaëlle autour de la place Hoche vers laquelle rayonnait la vie du bourg.

Un matin, très tôt, je peignais la chapelle Saint-Clément entre les tennis du Bois d'Amour et la plage du Castéro. Je ne voulais pas faire une toile pittoresque et réaliste mais saisir ce bloc de blancheur sous lequel étaient enterrés les premiers Quiberonnais. J'étais de dos mais au grincement des freins de sa bicyclette, je sus que c'était elle. Marion en tenue de tennis. Sa raquette et ses balles arrimées sur le porte-bagages grâce à un tendeur rouge et noir. Je fus impressionné par la beauté de ses cuisses et de ses jambes qui se terminaient par des socquettes basses surmontées d'une boule de coton. Elle portait des tennis en cuir blanc et vert, une jupe à carreaux bleu et blanc. Je sentis qu'elle repoussait l'intention de descendre de sa bicyclette de peur de me déranger. Elle ressemblait à une princesse du Siam sur son palanquin.

— Je ne voulais pas t'interrompre dans ton travail, dit-elle.

— Je ne demande que cela, répondis-je en m'approchant. Tu joues toujours au tennis ?

— Oui. Et toi ?

— Une balle de temps en temps.

— Eh bien… Reviens jouer, dit-elle en montrant de la main gauche les courts.

Elle avait une ossature lourde, des mains et des ongles d'une grande finesse. Jamais je n'avais vu un être s'exprimer avec tant de difficulté. Il fallait qu'elle rassemblât d'abord les mots pour les expulser ensuite.

— Alors… tu es marin et peintre, finit-elle par ajouter comme si c'était une révélation alors qu'elle m'avait déjà vu avec ma boîte de couleurs et mon chevalet.

Et elle m'adressa un signe de la main pour me dire au revoir, se déplia sur son pédalier me laissant sur le bord de la route, avec mes pinceaux, soudain désœuvré.

Je repris mon travail en pensant que je n'étais bon qu'à faire des croûtes. C'était peut-être seulement la mer mon véritable appel. Il me fallait être à sa hauteur, ne pas rester un contemplatif sur le rivage.

Il se passa cette chose étrange que je revins marcher à la nuit tombante, entre la chapelle Saint-Clément et la pointe du Conguel, puis rentrai par la plage de Goviro, la Grande Plage, Port-Maria jusqu'à la maison de mes parents dans le hameau du Manémeur.

Un matin, je reçus une lettre de Marion. D'une écriture courte et ancrée dans le papier, elle me proposait que nous jouions au tennis pour retrouver « les parfums de l'enfance ». C'était une lettre brève où chaque mot avait été pensé. Je lui téléphonai presque par devoir comme un aîné ayant des obligations envers une cadette. Pendant l'échange, je me montrai volubile pour combler les blancs et elle réservée comme une joueuse de fond de court.

Quand nous nous sommes retrouvés aux tennis du Bois d'Amour, elle se montra déliée dans son jeu malgré sa silhouette de statue grecque. Économe de ses gestes, elle faisait ses revers à deux mains, pouvait ensuite monter à la volée et conclure sa balle. Je voyais les muscles de ses cuisses se tendre. Jamais son visage n'affichait une grimace d'effort ou une crispation. Elle n'esquissait un sourire que lorsque je lui adressais un mot de félicitation pour un point marquant. Elle me faisait penser à un sémaphore. Je me demandais si elle était heureuse de jouer. Elle semblait y mettre de la concentration, de la joie je ne sais pas. Après les échanges, je m'efforçais de parler pour que la gêne ne s'installât pas. Et mes bribes de paroles semblaient tomber comme des balles maladroites derrière la ligne blanche où Marion toujours se tenait. Elle ne cherchait à exercer aucune séduction. Je me demandais si j'éprouvais du désir pour elle.

Cet été-là, nous nous retrouvâmes plusieurs fois sur la plage du Fort Neuf. Une femme se révèle le matin au réveil et à la sortie du bain. C'est là où on voit la vérité des os. Ses jambes étaient encore plus sculptées que celles de la belle Gaëlle ; maintenant je découvrais ses pieds que je ne cessais de regarder dans les détails tant ils me semblaient harmonieux. Son corps long et droit se dépliait en dos crawlé quand elle partait nager seule au-delà des voiliers mouillés à l'ancre. Après une heure de natation, je la voyais sortir le corps ruisselant, fortifié par l'Atlantique, les jambes légèrement tremblantes, le visage enfin souriant. Elle s'étendait sur une serviette toujours de couleur noire ou ardoise. Elle lut cet été-là Cicéron, *Des termes extrêmes des biens et des maux* ; je revois très bien la couverture rouge du livre qui l'absorbait : c'était une lecture bien sérieuse pour la plage. Je profitais de ces moments pour crayonner dans mon carnet des croquis de ses jambes et de ses pieds.

Je crois que je n'éprouvais aucune attirance pour Marion. J'observais le moindre contour de ses jambes, de ses orteils. Le pied, cette partie si préhistorique et animale de notre corps, cette presqu'île qui avance vers l'inconnu, reliée à notre tronc et au sol. Je voyais dans les frissons agitant sa peau un signal et essayais de les représenter sans y parvenir. J'avais acquis de la rapidité dans l'exécution de mes dessins. Je ne quittais pas Marion des yeux pendant que je crayonnais.

J'avais vingt-cinq ans et elle vingt-trois. L'âge où les corps sont des brandons. Le sien bronzait vite. J'étais simplement contemplatif de Marion qui s'étirait sur la plage de notre enfance. Autant sa mère, la belle Gaëlle, provoquait chez nous un affolement, autant j'observais la beauté de Marion avec distance.

Il nous arrivait de nous baigner ensemble. Elle était beaucoup plus vigoureuse et rapide que moi. Je voyais ses épaules à la fois charpentées et en chair fendre l'eau. Comment rendre cela dans un dessin ? L'étendue de Marion, la ligne droite de ses jambes incurvées à l'arrière des genoux, là où le pli est comme une cicatrice, une brûlure. De temps en temps, à l'encre de Chine, j'esquissais un rocher ou un voilier et l'offrais à Marion. Mais je ne lui montrais jamais les dessins d'elle alors qu'elle savait très bien que je la prenais pour modèle. Pour rompre le silence, je lui racontais une escale de la *Jeanne* ou lui demandais des nouvelles de Quiberonnais avec qui nous avions partagé l'enfance.

J'avais hâte le soir de retrouver mon atelier. J'étais absorbé par une autre expérience : transformer ma peinture, me détacher du figuratif, laisser les formes et les couleurs envahir le réel. Je mesurais aussi l'étendue du corps de Marion. Il me rappelait celui des Polynésiennes. Même langueur, même indolence tropicale. Ce calme apparent provoquait chez moi une effervescence dont je ne laissais rien paraître devant Marion et que je laissais éclater dans mon atelier. J'essayais de peindre cette presqu'île féminine, de jouer avec les reflets de la mer et les traits de lumière sur sa peau. Je me rendais compte que c'était le noir qui donnait la couleur à une toile. Je m'emparais de mes couteaux et de mes brosses.

Quand Marion partait nager, je l'observais le plus longtemps possible, ses mouvements de dos, d'épaules. Elle n'avait pas besoin de bateau, de coque. Elle était un animal marin. Elle entrait dans l'eau comme une danseuse en tournant sur ses pointes, se laissait immerger à la verticale jusqu'au cou. Elle partait tantôt sur le dos dans un mouvement de crawl, ample, régulier, tantôt dans une brasse coulée. Je voyais la rondeur cylindrique de ses épaules, sa nuque, sa coupe de cheveux à la garçonne. Elle me faisait l'effet d'une planche de bois qui partait au large, d'un scalpel qui fendait la mer. Je me demandais si les pilotes d'avions qui décollaient et atterrissaient sur la piste de l'aéroclub de Roch-Priol remarquaient cette silhouette à la surface de la baie.

Après le bain, je voyais mieux son squelette que je pouvais dessiner : l'eau rend les corps translucides. Elle sortait de la mer avec le sourire, le visage lumineux. Elle avait trouvé sa respiration. C'était peut-être cela la beauté. Alors, elle s'allongeait, long bois flotté qui égouttait. Les frissons parcouraient sa peau. Elle se chauffait au soleil. Je l'entendais soupirer sur sa serviette avant de s'endormir. Je ne m'étais jamais demandé si j'avais un genre de femmes. Non vraiment. À ce moment, la peinture absorbait toute mon énergie sexuelle. Je regardais Marion comme un peintre son modèle. Elle avait un profil d'Étrusque. Je dessinais sans cesse ses pieds dont je ne parvenais à détourner mon regard. Ses doigts de pieds polis par l'océan, ses ongles en amande aux mains, plus carrés aux pieds, mais dans lesquels je ne sais pourquoi je plaçais la grâce de son âme. Mais quel était ce silence entre nous ? N'était-ce pas Marion la silentiaire et moi un démon avec ses crayons, ses encres, ses pinceaux ? Sur les toiles, je la peignais avec des couleurs rouges, ocre, noires. C'était une Inca, une Asiatique, une Africaine.

Nos rencontres à la plage avaient une certaine régularité sans être déterminées à l'avance, elles répondaient au hasard d'une vie de presqu'île. Une après-midi, alors qu'elle était en pleine lecture, elle me déclara son envie de faire du bateau dans la baie.

Le lendemain, je gréais le 4 20 familial. Pendant deux heures, nous avions tiré des bords, elle comme équipière, moi à la barre. Elle portait des tennis sans lacet pour ne pas râper ses pieds et un short de toile vert bouteille. Elle était assise sur le rebord du voilier. Ses jambes impérieuses contre le puits de dérive. Quand le bateau prenait de la vitesse, elle se mettait en position de rappel et plongeait sa main dans l'eau. Alors, elle eut parfois un sourire miraculeux sur ce visage d'ordinaire si fermé. Elle n'avait pas refait de la voile depuis nos stages au Fort Neuf. Nous échangeâmes quelques paroles sur la navigation, la grâce des voiliers et la baie de Quiberon. Au retour, elle semblait avoir découvert une beauté inédite.

Il nous arrivait, le soir, de marcher jusqu'à la plage de Goviro et de nous arrêter devant la maison des Viviers. « C'est la maison de mes rêves », me dit-elle une fois. C'était une petite maison blanche de pêcheurs qui se trouvait sur les rochers au point de se confondre avec l'océan. Nous y respirions l'odeur de l'iode si âcre à cet endroit précis de la pointe du Conguel. Jamais je n'avais vu un être aussi silencieux non seulement devant la mer mais dans la vie quotidienne. Je commençais à m'interroger sur les raisons de ce silence. Pourquoi cette femme avait-elle choisi de se taire, de se mûrer dans la solitude, de régner comme une princesse muette ? Elle terminait sa licence de lettres classiques. Elle était dans la vie. Dans son monde sur lequel elle ne laissait rien paraître. Après nos promenades à la Maison des Viviers, nous allions boire quelques verres. Cette grande fille aimait le vin blanc et j'espérais qu'un peu d'alcool la délierait. Je lui demandai si elle avait toujours de la famille au Vietnam. « Oui, me répondit-elle, mais je n'y suis jamais allée. Un jour peut-être… Le pays est en train de s'ouvrir. » En me concentrant sur son visage, je percevais vraiment, sur ses traits d'Asiatique, un masque qui selon la lumière pouvait effacer ses origines bretonnes. Je me souviens cet été-là l'avoir vue en pantalon de toile ou de jean avec des pulls à rayures.

Ce fut une approche qui ressembla à une initiation. Comme si ce premier pas devait être réfléchi, mûri, posé. C'était un soir et nous avions marché vers la plage de Kermorvan. Nous voulions nous extraire de Quiberon, nous mettre à l'écart. Ce fut une plongée muette dans le silence et le consentement. Nous avions passé le temps de l'adolescence et des pas incertains. Mais quand je la pris dans mes bras, je mesurai l'étendue de son corps. Il fallut autant de temps pour passer une première nuit ensemble.

Nous étions partis plus loin encore, vers le Finistère. Marion avait exprimé le désir d'aller à Douarnenez voir la maison de Georges Perros et sa tombe au cimetière marin. Nous passâmes notre première nuit à l'hôtel des Sables blancs à Tréboul. La belle Gaëlle nous avait prêté sa Volkswagen sachant très bien pour quoi nous partions : sceller nos vies, partager le secret. De voir Marion si concentrée conduire la voiture sur laquelle nous fantasmions adolescents me troublait. Le passé se superposait au présent. Elle semblait plonger encore au plus profond d'elle-même. Rien ne la préoccupait plus que d'aller aux Plomarc'hs voir la petite maison de granit aux volets verts.

À Douarnenez, dès le sentier qui part du vieux port, elle donna l'impression d'entrer dans l'enchantement. Tout l'étonnait : du lavoir pareil à une petite piscine romaine jusqu'aux fleurs sauvages. Elle avait tenu à ce que nous prenions un hôtel près de la plage Saint-Jean dominée par le cimetière marin où reposait Perros. Ensemble, nous avons lu les vers de Victor Hugo au pied du monument en souvenir des marins péris en mer. « Combien de patrons morts avec leurs équipages ! L'ouragan de leur vie a pris toutes les pages. Et d'un souffle il a tout dispersé sur les flots ! »

Nous avions dîné le soir à l'hôtel des Sables blancs d'un plat de langoustines et bu une bouteille de sancerre blanc. J'aimais regarder cette grande fille boire sans montrer le moindre signe d'ivresse.

Je me souviens très bien de cette première nuit, de mon flot de paroles, de son corps étendu qui semblait s'écouler au-delà du lit, de la façon dont elle s'endormit sur mon dos, vague aplatie me recouvrant tout entier, si monumentale, et qui allait devenir ensuite ma juste mesure. Elle était droite, sans cambrure, avec des seins lourds. Dans sa nudité, je compris ce qu'il y avait d'asiatique. Jamais je n'avais eu autant l'impression de serrer un corps étranger.

Au matin, elle se leva, prit une douche et je la vis les cheveux noirs, courts, mouillés avec pour la première fois un sourire, une gaieté lumineuse et mutine dans le visage. Elle se recoucha et je commandai le petit déjeuner. Puis elle lut pendant une heure avant de s'assoupir. J'en profitai pour faire quelques croquis de son visage et de ses cheveux que la lumière rendait encore plus noirs. Au réveil, elle revêtit un maillot de bain une pièce, un short qui s'ouvrait sur le côté et dit : « Je vais me baigner. »

J'avais l'envie de garder en moi cette torpeur amoureuse, ce parfum des débuts. Par la fenêtre ouverte, je la vis traverser la petite route devant l'hôtel et rejoindre la plage des Sables blancs. Elle déplia sa serviette et dégrafa son short. Elle fut cette femme en noir sur la plage des Sables blancs. De dos, elle était un grand animal africain. J'avais connu la profondeur de son sexe.

Elle entra dans la mer. Sans lunettes ni bonnet de bain. Dans son élément. Elle était une charpente ouvrant l'eau. Elle s'immergea jusqu'au cou pour mettre son corps à température avant de tracer en crawl une longue ligne droite. Je sus alors que j'allais épouser cette femme, qu'il me faudrait la peindre. Peindre le silence.

Mais bientôt j'allais devoir prendre la mer. Être dans la lumière hauturière. Alors que devant moi il y avait Marion, la nageuse. Le monde est ainsi fait : les hommes sont des marins et les femmes des nageuses. Je vis qu'elle s'était fixée l'île Tristan comme but de sa traversée. Je découvrais que son sillage ouvrait un monde nouveau. Il m'appartenait de métamorphoser cette beauté dans la peinture. Je fus paralysé. J'esquissais quelques traits sur mon carnet de croquis : le contour d'une île, les arbres, la mer autour. Rien de plus. Je descendis à mon tour sur la plage pour me baigner. Je ne voyais plus Marion au large. J'avais l'impression d'être dans le petit bain réservé aux enfants. Il y a peu de temps que les marins savent nager. Comme ceux de Douarnenez ou de l'île Tristan, enfants de maraîchers et de paysans. Je décidai de nager à la rencontre de Marion. Au bout d'un moment, je la vis arriver vers moi alternant nage indienne et dos crawlé.

— Tu n'as pas trop froid? dis-je.

Elle tendit ses bras en avant, dessina un triangle qui emprisonna mon cou. Elle m'embrassa à pleine bouche pour partager le sel de son bain.

— C'est divin, dit-elle en sortant de l'eau.

Je crois que c'est le mot que j'ai le plus entendu sur ses lèvres. Elle se chauffa au soleil, me faisait songer à du bois brûlé et flotté. Puis tout en restant allongée sur le dos, les yeux fermés vers le soleil, elle me prit la main alors qu'assis sur ma serviette, j'essayais de détailler le contour de l'île Tristan. Avant le déjeuner, nous bûmes un verre de vin blanc à la terrasse de l'hôtel. Les mollets de Marion quand elle s'étira en arrière sur sa chaise et ce soupir de bien-être d'une femme dans la beauté de l'instant, assurée de l'avenir.

L'après-midi, Marion rencontra un ancien journaliste du *Télégramme*, ami de Georges Perros, auteur d'un livre sur l'île de Sein. Par discrétion, j'avais préféré l'attendre sur le port au milieu des marins retraités qui portaient tous une casquette bleu marine à boutons noirs. J'en avais profité pour marcher de nouveau jusque sur le sentier du Plomac'h. Et en regardant le port de Douarnenez il m'apparut soudain figé. Je ressentis alors une déflagration : celle du vide. L'absence était Marion.

J'appartenais à une génération pour qui l'amour était la seule aventure. Je le tenais à distance. J'avais d'autres préoccupations. Dans la foule, je recherchais pourtant la silhouette de Marion comme si elle était la place, le port, la ville de Douarnenez.

Elle revint de son rendez-vous avec un visage éclatant. Elle m'expliqua que Perros avait donné des cours d'ignorance à l'université de Brest. Cela la ravissait : Perros était pour elle une nouvelle ligne de vie qui la changeait des écrivains de l'Antiquité.

À notre retour sur la presqu'île, je ressentis une tristesse inconnue. Il me faudrait bientôt quitter Marion, mes toiles, mon atelier. J'étais partagé. Tout jeter au feu ou monter une exposition.

Il ne me restait plus beaucoup de semaines avant de rejoindre mon bateau, là-bas, à Fort-de-France. L'affectation que j'avais choisie se retournait contre moi. La Martinique, cinq mille milles de la presqu'île. J'allais abandonner Marion. Nous passions nos journées désormais ensemble.

Nous jouions aux tennis du Bois d'Amour et je ne savais pas qui se tenait de l'autre côté du filet, Marion ou la belle Gaëlle. Nous faisions des joggings sur le sentier du littoral jusqu'à Saint-Pierre-Quiberon. Nous allions nous baigner le matin au Fort Neuf et l'après-midi à Kermorvan – Marion en avait ainsi décidé.

Comme les débuts d'une histoire d'amour prennent du temps. Je m'initiais au corps de Marion. Je découvrais un continent, un langage inconnu. Il nous arrivait d'aller au musée des Beaux-Arts de Quimper ou au Pouldu passer une journée. Une fois, nous louâmes un catamaran sur la rivière Laïta, et ce fut notre première crise de fou rire : à cause de la marée descendante et du courant, le bateau reculait et je dus multiplier les virements de bord pour rentrer.

Le soir, avant de retrouver Marion, je faisais le tri entre mes toiles. Il fallait bien écarter ces croquis à la mine de plomb, ces marines, ces pastiches à la manière de… Peindre la mer, les plages, les coques, les voiles, était-ce vraiment ce que je voulais ? J'avais l'impression d'avoir accompli des travaux pratiques de mon enseignement maritime. J'avais appris à regarder un détail, à le décomposer, à le déconstruire pour mieux le saisir. Ma peinture était aimable, vivante, colorée. Elle ne déparerait pas dans les galeries bretonnes pour touristes. Ce travail ne m'intéressait plus.

Deux événements eurent lieu avant mon départ pour les Antilles. Un déjeuner dans la famille de Marion – « ma mère veut t'inviter à la maison », me dit-elle avec un sourire moqueur. Le dimanche suivant, je pénétrai dans la salle à manger où des chaises Louis XV à cannelures se mêlaient à des fauteuils Knoll et à une lampe en verre soufflé des années 70. Marion avait deux sœurs et un frère. La cadette, Charlotte, entrait en première année de droit. Elle était aussi grande que sa sœur et la plus vietnamienne de toutes. Le benjamin, Maxime, venait de passer son bac de français et s'intéressait davantage selon sa mère au rugby et à la planche à voile. Quant à la dernière, Émilie, je me sentis tout de suite proche d'elle. Elle était vive, blagueuse, séductrice : elle avait treize ans. Avais-je la claire conscience que j'étais à la table de la belle Gaëlle ? Je l'avais saluée en lui disant : « Bonjour, madame » et elle m'avait répondu : « Appelez-moi Gaëlle. »

Elle virevoltait, glissait de la cuisine à la salle à manger. Pour se moquer de moi, elle m'appelait « mon lieutenant ». « Arrête, maman », soupirait Marion. Ce qui me surprit le plus fut l'attitude du père de Marion. Médecin orthopédiste dans une clinique de Vannes, il était passé dans son service le dimanche matin avant de nous rejoindre pour le déjeuner. Il parlait peu et comme Marion il avait des cheveux épais d'un noir de jais. Il me posa quelques questions sur ma vie de marin : « Partir de chez soi en permanence, cela doit être l'horreur », me dit-il. Je n'en savais rien. Je lui répondis que j'avais été heureux à bord de la *Jeanne.* Je perçus dans cette pièce une grande dépression ; la mort semblait assise autour de cette table, mais où était-elle ?

Marion m'adressa un sourire, l'expression de son langage. J'étais stupéfait par le contraste entre la volubilité de la belle Gaëlle – que j'avais perçue autrefois comme une grande muette – et les silences de son mari. Après le déjeuner, sur la terrasse, il ouvrit *Ouest-France Dimanche* qu'il lut page après page. Il était muré dans son journal.

Je fus soulagé de retrouver les jours suivants Marion à l'extérieur de chez elle. Nous pouvions regarder la mer en silence.

Enfin, il y eut mon exposition au début du mois d'août. Une occasion de solder mes tableaux « première manière » : les paysages de la presqu'île, les plages et toutes ces coques sur le flanc que je ne supportais plus, mes aquarelles de Bora Bora, de la campagne de la *Jeanne*. Ce n'était pas indigne mais trop décoratif. Ce fut une exposition d'été, légère, joyeuse. Avec ses visiteurs inconnus, pour la plupart étrangers à Quiberon, et les amis de mes parents venus de tout le Morbihan et que je n'avais pas revus depuis longtemps. J'étais heureux d'être pour la première fois avec Marion, bronzée, sauvage, âpre et moelleuse.

La belle Gaëlle était venue avec quelques-unes de ses amies, certaines inscrites comme elle à l'École du Louvre. Elle me commenta plusieurs tableaux : « Vous avez fait d'énormes progrès, me dit-elle, entre cette vue de Port-Haliguen et cette marine. J'ai l'impression que votre rencontre avec Marion vous a fait beaucoup de bien. » Alors la belle Gaëlle se transforma et devint « Outre-Mère ».

II

Huit jours après, je me trouvais à la passerelle du *Francis-Garnier*, seul navire de la Marine nationale basé à Fort-de-France. Nous larguâmes les amarres du quai du Fort Saint-Louis, en bordure de La Savane. Le ciel était chahuté par des nuages gris et noirs. Des averses laissaient place à une éclaircie qui agissait comme un épi de feu sur la coque grise du navire.

Nous partions pour une tournée des Antilles qui devait nous amener en escale à la Guadeloupe, à Saint-Martin, à Saint-Barthélemy, au Venezuela et à Sainte-Lucie. Le commandant, un capitaine de frégate, m'avait désigné juste après l'appareillage comme chef de quart.

C'était un bâtiment de transport léger long de quatre-vingt-six mètres, au faible tirant d'eau, disposant d'une porte d'étrave.

Je donnai l'ordre de mettre en route au 340, fis rompre les équipes de navigation en eaux resserrées, vis les deux seconds maîtres sur les ailerons de passerelle relever leurs yeux des alidades et débrancher leur casque de transmission, entendis le « bien » de l'homme de barre, qui ne tarda pas à répéter « en route au 340 ». Alors je sentis la mer libre s'ouvrir devant l'étrave. J'avançai vers d'autres couleurs, vers d'autres îles. La presqu'île de Quiberon était derrière moi.

Nous étions en uniforme blanc. Le général, commandant les forces françaises aux Antilles, se trouvait à bord pour une mission d'inspection. Je ressentais de l'appréhension mais le pacha m'avait mis en confiance. Il avait su créer parmi l'équipage une ambiance que tous jugeaient exceptionnelle. Il n'empêche, j'étais le petit nouveau, le bizuth. Des officiers aux matelots, j'étais accueilli comme un membre de la famille du *Francis-Garnier*.

Au fond de moi, je ressentais une étrange résistance. Loin de Marion et de la peinture qui finissaient par se confondre dans le même exil. Était-ce la fatigue après le décalage horaire qui expliquait mon absence ? Et à la passerelle, je percevais la présence fraternelle des marins, maillons de la même chaîne d'ancre.

En découvrant la tape de bouche du *Francis-Garnier* et les objets traditionnels, j'appris la vie de cet officier qui avait fait partie de la mission Doudart de Lagrée, été un des explorateurs du Tibet, du Yunnan et trouvé la mort en décembre 1873 devant une porte d'Hanoi, décapité par les Pavillons noirs.

J'avais quitté Marion, Bretonne au sang vietnamien, pour une affectation à bord d'un bâtiment qui portait le nom d'un marin, symbole de la France conquérante en Asie. Lui avait emmené sa femme en Indochine. J'avais l'impression d'abandonner Marion qui pourtant m'avait choisi.

Je me retrouvais pour la seconde fois sous les tropiques. À partir de l'escale de Marigot, à Saint-Martin, le bateau me devint familier et son numéro de coque, L 9031, ma plus sûre adresse. À Marigot, nous fîmes avec le médecin – un appelé du contingent – le pacha, le second et le chef mécanicien une excursion dans les mornes. À Saint-Barthélemy, les coiffes bretonnes des femmes les plus âgées me rappelèrent ma presqu'île et Marion, ma Bretonne asiatisée.

À chaque escale, j'allais nager. C'était ma façon de me rapprocher de Marion. Cette mer chaude, un peu émolliente, dans laquelle je pouvais me baigner plus d'une heure.

Au retour à Fort-de-France, je reçus la première lettre de Marion. Je la trouvais magnifiquement écrite, incisée dans le papier. Un papier ivoire qu'elle avait, j'imaginais, mûrement choisi. Marion plaçait toute son attention dans les détails qui donnaient de la beauté au quotidien. Elle me parlait de ses journées, de ses promenades sur les sentiers que nous avions empruntés ensemble. Elle restait pudique dans ses déclarations, d'une belle retenue. Elle s'était inscrite à la faculté des lettres de Rennes pour sa thèse sur la notion d'*otium* dans l'œuvre de Sénèque. L'*otium*, ce cercle du loisir et de l'oisiveté chez les Anciens, le fondement même de leur sagesse.

Je répondis à Marion en lui racontant ma navigation, nos escales. Mais en la laissant sur notre presqu'île à laquelle je tournais le dos, j'étais convaincu d'avoir déserté le rivage de la peinture. Je partageais une maison avec deux autres enseignes de vaisseau au François, une petite ville sur la côte Est de la Martinique qui s'ouvrait sur une baie dans laquelle disait-on Joséphine de Beauharnais était venue se baigner chaque jour. Devant cette baie, et dans l'ombre de Joséphine dont le visage, les cheveux courts m'évoquaient ceux de Marion, je faisais affleurer son attitude sur les plages de la presqu'île. Le soir, je la dessinais sur mon bloc, de dos, allongée, penchée. En baigneuse, sur le sable. En nageuse, elle m'échappait. C'était une façon de m'arranger un tête-à-tête avec elle, de tenir en respect ma mélancolie. Je ressentais la légèreté du travail accompli sans déchirement. Être à 6 h 30 à bord, remplir mes missions, entretenir le bateau, la simplicité du carré, la joie de larguer les amarres, ce cabotage tropical. L'horizon s'ouvrait. Les îles montagneuses et verdoyantes des Antilles m'apaisaient, traçaient une perspective lisse. J'apprenais par cœur la topographie des lieux qui faisait résonner l'esprit insulaire. C'était paradoxal de naviguer dans la Caraïbe à bord d'un bâtiment qui évoquait la conquête de l'Indochine, un explorateur décapité, la violence des territoires. Dans le même temps, le courage pionnier de Francis Garnier me renvoyait à la langueur de Marion. C'était pendant son service militaire en Indochine que le grand-père de Marion avait rencontré Xuan. Une fois libéré de ses obligations militaires, il était revenu à Saigon, l'avait épousée, et emmenée dans le Morbihan. Ils avaient tenu à Vannes un grand hôtel restaurant. Xuan était morte d'un cancer dans les années 80. Et peu de temps après, son mari avait basculé dans la maladie d'Alzheimer.

J'avais vu dans la chambre de Marion une carte blanche, encadrée, frappée de lettres bleues : *Hôtel des Druides. Pour vos repas d'affaires, réunions familiales ou tout simplement entre amis*. Les mots m'avaient frappé. C'était pour moi un monde étrange. À l'image de cette chambre de jeune fille de Marion, univers de velours et de parfums, mystérieux comme le regard de sa poupée posée sur son fauteuil, le corps un peu affalé. Je devinais combien ses grands-parents avaient été pour elle l'incarnation de l'amour, de la plénitude, défiant les préjugés pour construire un arc entre la Bretagne et l'Asie. Je me disais que c'était cela, la beauté unique de Marion sur la presqu'île de Quiberon. Deux mondes extrêmes qui s'unissaient. Le soir, j'essayais de l'attraper quand je la crayonnais. Sur le papier, elle ressemblait à une statuette africaine.

Marion était une femme étirée qui surplombait la réalité. Pourquoi les grandes femmes passent-elles pour altières et se montrent-elles plus silencieuses que les autres ?

Ce qui me manquait le plus à la Martinique, c'était peut-être de ne plus voir de tableaux. Je découvrais de nouvelles sensations à l'approche des îles, leur découpe, leur profil d'animal sauvage allongé sur l'eau. Les crépuscules me révélaient des figures inédites que je n'avais pas connues lors de la campagne de la *Jeanne*.

À Quiberon, je n'avais pas donné de date de retour, mais proposé à Marion de me rejoindre. Après six mois de correspondance, elle me rapporta non sans humour que son père considérait ce voyage comme celui de tous les dangers. Sa mère jugeait cela très romantique, une version moderne de *Paul et Virginie*. Enfin, elle me confirma sa venue, et une semaine après je vis Marion descendre la passerelle du Boeing 747 à l'aéroport de Fort-de-France-Lamentin. À la maison, je lui présentai mes deux co-locataires, puis elle prit une douche et s'endormit sur mon lit en position de chien de fusil.

Qu'allait faire Marion à la Martinique, cette île qu'elle ne connaissait pas ? Il ne s'agissait pas de venir passer quinze jours de vacances. Mais de vivre ensemble, dans un exil tropical.

J'avais prévu de changer de maison. Celle du François faisait songer à une garçonnière. Je ne pouvais imposer mes camarades à Marion. Un appartement à Fort-de-France ? Je n'avais pas envie de vivre dans un conteneur réfrigéré.

Ce fut un miracle, cette petite maison blanche vers laquelle m'avait dirigé le commandant de la Marine à Fort-de-France. Elle était située sur le plateau Didier non loin d'une petite route qui conduisait à la cité des Amandiers. Sa location me coûterait la moitié de ma solde. Et alors…

Il y avait des rocking-chairs blancs dans le salon, un canapé orange, un salon de jardin en bois et acier. Mais ce qui nous plut ce fut la fraîcheur due aux fenêtres à persiennes et à l'orientation de la maison. Il y avait une confluence des courants d'air ; la climatisation dans notre chambre et le salon semblait accessoire. Les alizés soufflaient sur la maison comme de grandes feuilles de palmiers.

Marion était arrivée à Fort-de-France avec quelques gros

livres de latin et son Gaffiot : « Maman m'enverra les livres dont j'ai besoin. » Je l'accompagnai néanmoins dans une librairie près de La Savane pour y passer une commande. Quand nous nous installâmes dans notre nouvelle maison, je fus surpris de la rapidité avec laquelle elle s'adapta au rythme de la Martinique. Elle s'était aménagée un coin bureau avec la table de bridge du salon. Chaque matin, nous prenions une tasse de thé puis un café serré sur les marches de la terrasse. Tantôt nous regardions les lézards s'aimer ou se battre, leur gorge rouge et palpitante quand ils étaient sur le point de se jeter dans la bataille. Tantôt, elle venait dans mes bras et je respirais ses cheveux noirs et courts. Ses pieds étaient ma ligne de flottaison et d'horizon. Ses ongles doux comme la nacre des coquillages marins ; elle les peignait souvent d'un vernis corail ou vermillon. Après sa douche, elle se glissait dans une robe longue de coton et chaussait des tongues en cuir. Même habillée, Marion était dans l'ascétisme. Entre 6 heures et 6 h 30, elle me conduisait au volant de la Peugeot 205 noire que j'avais achetée à mon arrivée à Fort-de-France et me déposait au Fort Saint-Louis, sur le quai habituel du *Francis-Garnier*. Elle m'embrassait à pleine bouche, ignorant les marins en short bleu qui s'activaient autour de la coupée. Puis elle allait prendre son premier bain sur la plage à droite du fort, fréquentée uniquement par les Antillais. Enfin, elle rentrait à la maison, travaillait son sujet de recherche. Des lectures, encore des lectures, des fiches de bristol.

Le soir, je la regardais lire les jambes en équerre sur le

rocking-chair ou les deux jambes repliées sur le côté. Avant de s'endormir, elle choisissait des livres qui n'avaient rien à voir avec son sujet de thèse et, à mes côtés dans le lit, elle riait d'une façon très concentrée. Elle s'évadait. Au crayon graphite, je la dessinais en lectrice sur du papier calque. Je m'attachais à ses mains, à ses pieds comme s'ils étaient une presqu'île, à ses chevilles, à son talon, ce galet poli.

Deux ou trois fois par semaine, elle allait nager à la piscine de l'hôtel Hilton où elle faisait des longueurs. La piscine lui permettait de s'absorber dans son sujet de recherche jusqu'à l'obsession et en même temps de délier son esprit.

J'avais des obligations mondaines. Nous étions invités chez le commandant de la Marine ou chez des civils liés au monde de la mer et du commerce. J'y allais en uniforme et Marion m'accompagnait dans des robes noires ou de couleur, simples, épurées. Par sa taille, elle dominait l'assemblée des femmes de marins qui voulaient l'accueillir parmi elles. Je la revois un verre de punch à la main, la tête penchée sur le côté, opposant un sourire comme filtre à toute conversation.

Au début de son séjour, elle était sidérée dans les cocktails. Je restais à ses côtés et laissais les gens venir à nous, parlais pour combler les silences de Marion. Quand je la présentais, je disais : « Marion », et mes supérieurs répondaient : « votre fiancée ». Leur épouse nous appelait par notre prénom. Elles aimaient se conduire en bienveillantes mères de famille tandis que les hommes en mer assuraient leur mission de service public. Elles se retrouvaient entre elles pour visiter les plantations les plus anciennes, ces domaines agricoles qui ressemblaient à des fermes romaines m'avait dit Marion, ou pour des cours de chant et de peinture. Surtout, elles ne voulaient pas apparaître coincées mais ouvertes d'esprit. Marion était trop sauvage pour participer à cette sociabilité. Quand le *Francis-Garnier* partait en mer – parfois plus de quinze jours –, j'étais inquiet. Je lui conseillais de voir du monde. Cela ne la gênait pas de rester seule. Elle continuait à aller se baigner à la plage le matin, à la piscine l'après-midi, à travailler sa thèse. Elle passait au marché de La Savane acheter des fleurs, des fruits, respirer les parfums de cannelle et d'épices – les étals de viande ou de poisson la dégoûtaient. En mon absence, elle se nourrissait de fruits, de thé et à n'importe quelle heure de la journée avalait un sandwich au pain de mie, jambon, tomates, qu'elle confectionnait elle-même.

En mer, chaque jour, je me débrouillais pour me trouver seul sur l'aileron de passerelle et me rapprocher de Marion. Je l'imaginais au-dessus des nuages si cotonneux, si dessinés dans leur contour sous le ciel des Antilles, derrière une île tapie comme une panthère dans les hautes herbes. J'essayais de saisir cette gouache liquide : cobalt, bleu minéral, outremer. Un marin comme un peintre est un guetteur. L'observation, la patience. Cette mer des Antilles était mon atelier. La vie du bord se partageait entre action et contemplation. Le pacha qui avait un rare sens de l'autodérision se prétendait mauvais manœuvrier et nous laissait au second et à moi la plupart des manœuvres d'accostage et d'appareillage. Le *Francis-Garnier* était une savonnette qui nous glissait entre les mains. Il fallait en permanence maintenir le cap de ce bateau sans fond. Mon carnet de croquis ne me quittait pas et j'avais une petite boîte d'aquarelles qui me permettait de travailler sur le motif.

À mon retour, j'essayais de décrire à Marion les lumières vues en mer, mais c'était moi qui devenais silencieux. J'étais frappé à mon tour d'aphasie, obsédé par ces couleurs qui m'absorbaient. Après les navigations, lors de notre premier tête-à-tête, elle se montrait plutôt expansive, me racontait la vie de notre maison, ses rencontres à la piscine ou à Fort-de-France, me donnait des nouvelles de ses parents – surtout de sa mère – et des miens, ses lectures. C'est ainsi qu'elle découvrit le poète Lafcadio Hearn qui avait séjourné aux Antilles comme correspondant du *Harper's Monthly* et vécu à Saint-Pierre. Marion s'était précipitée au marché de La Savane. Elle avait demandé à sa vendeuse de fruits des oranges-macaques, des pommes cythère et des pommes cannelle parce que Lafcadio Hearn les évoquait dans *Esquisses martiniquaises.* Plus rien d'autre ne comptait à ses yeux que la quête de ces fruits : il s'agissait de l'équilibre de son monde. Le plus troublant était le port de tête de Marion. Il rappelait celui des vendeuses antillaises – leur panier sur la tête – qui marchaient pieds nus dans les rues de Fort-de-France avec l'allure de princesses des hauts plateaux. Je lui offris un madras qu'elle mit autour de ses cheveux, et l'illusion fut saisissante. Marion se promenait toujours tête nue avec ses lunettes de soleil qu'elle ne quittait presque jamais. Elle passait son temps la tête dans l'eau. Et quand il faisait trop chaud, elle portait un chapeau de paille aux larges bords souples. Et je n'aimais rien tant lors de ces fortes chaleurs que voir sa lèvre supérieure perler de transpiration.

Juste après avoir découvert Lafcadio Hearn, elle me demanda de passer un week-end à Saint-Pierre détruit le 8 mai 1902 par l'éruption de la montagne Pelée. Trente mille habitants avaient trouvé la mort d'un coup, soufflés par la chaleur ou asphyxiés par les gaz. Et pourtant l'éruption avait été prévisible. Au début de l'année 1902, l'activité sismique avait repris et régulièrement des nuages de cendres s'étaient abattus sur la ville. La chronologie de cette éruption dans laquelle elle voyait une manifestation des dieux – la montagne Pelée étant l'Olympe – fascinait Marion. La cendre ardente qui avait recouvert les maisons, les rues, la végétation comme une neige tropicale. Tout avait été réduit au silence.

Sur les traces de Lafcadio Hearn, nous allâmes aussi à Morne-Rouge et à Grande Anse.

Si je n'étais pas en mer, nous quittions Fort-de-France le samedi ou le dimanche matin. Nous faisions une visite dans les traces d'une admiration de Marion, puis trouvions une plage à proximité et déjeunions d'un crabe farci, d'un poulet au piment, ou d'une langouste grillée. Avant le déjeuner, nous prenions un long bain puis buvions un verre de punch les pieds dans l'eau. Marion raffolait du punch. J'aimais la voir allongée, sur les coudes, son verre à côté d'elle, la tête renversée vers moi et l'entendre dire : « Qu'est-ce qu'on est bien. » Elle m'avait raconté que les Békés, les Blancs émigrés aux Antilles, ne se baignaient pas dans l'eau de mer, car les traces de sel provoquaient, pensaient-ils, des éruptions cutanées. Au réveil, le corps de Marion sentait la mer et l'ambre.

Elle n'aimait pas le sable noir, volcanique, auquel se mêlaient les éclats métalliques particulièrement étincelants sous le soleil. Nous choisissions les plages avec soin, selon la qualité de leur sable. Je faisais des dessins d'elle avec son chapeau de paille, vue de dos, allongée et endormie, jambes repliées sur le côté ou me concentrais sur une partie de son corps comme les fossettes du haut de ses épaules. À chaque fois que je lui avais demandé de poser sur la plage, les dessins furent artificiels et maniérés. Ce n'était pas son registre – trop de lumière –, elle perdait de sa grâce, de son élégance. Elle savait que je la regardais puisque je lui montrais ensuite mes esquisses.

Autre moment privilégié, le soir, quand la terre sentait la grume et que les alizés agitaient les palmes des arbres vernissés. Sur la terrasse à claire-voie, nous nous retrouvions tous les deux dans le silence pétrifié et libérateur de la fin de journée. Je m'habillais d'un short, d'une chemise de coton, Marion d'une robe courte tenue par une ceinture de cuir. Du moins est-ce ainsi que je la revois. C'était souvent dans ce moment de pénombre que nous faisions l'amour. Je lui demandais aussi de s'asseoir à même la terrasse, de mettre les jambes et les bras en avant comme si elle plongeait. Elle qui était si droite de bassin offrait alors des hanches plus élargies et prenait la forme d'une amphore romaine. Dans l'obscurité, elle faisait penser à un fauve au pelage noir. Elle était l'essentiel et l'épure. Je ne la quittais pas des yeux tandis que je la saisissais sur ce vif alangui. Après le dîner, quand

Marion se dirigeait vers notre chambre, je revenais sur la terrasse et ajoutais de la couleur à mes croquis. J'aimais aussi souligner les contours de sa silhouette à l'encre brune. Ce langage du corps me permettait d'échanger dans la plénitude avec Marion qui ne parlait jamais d'elle, de ses joies, de ses angoisses, se montrait d'une humeur égale et m'apparaissait alors qu'elle n'avait pas encore vingt-cinq ans comme une sage.

Souvent, je m'étais demandé à quel tableau me renvoyait Marion. Et un soir, sur la terrasse, je compris qu'elle avait le profil, les lèvres, le regard à la fois illuminé et désarmant de *La jeune orpheline au cimetière* de Delacroix. Cette chevelure, cette innocence, ce profil lisse, pur; l'absence, l'effroi dans les yeux.

L'autre écrivain qu'elle découvrit pendant notre séjour fut Saint-John Perse né en Guadeloupe, à Pointe-à-Pitre, sur l'îlet Feuille qu'il avait rebaptisé îlet Saint-Leger. « Saint-Leger Leger », me répétait Marion portée par ce nom aérien. Elle récitait à voix haute souvent un poème long comme son corps. « Pour fêter une enfance », ce temps des palmes, des Antilles.

Un vendredi en fin de journée, nous avions pris l'avion pour Pointe-à-Pitre. Nous étions descendus dans un hôtel au François. Le lendemain, nous avions visité à Capesterre l'habitation de Bois-Debout qui appartenait toujours à la famille maternelle de Saint-John Perse. De cette ancienne rhumerie, il ne subsistait que la roue à aube et les deux cheminées. Marion avait tenu aussi à voir le domaine de

La Joséphine soufflé par un cyclone. Elle avait caressé sa grille aux belles ferronneries.

Le dimanche, je louai à la darse de Pointe-à-Pitre une vedette pour la journée. Nous longeâmes l'îlet Feuille. Je revois Marion assise à l'avant, les bras autour des genoux, les yeux fixés vers le port, la grande et belle rade dominée de l'autre côté par les montagnes et le volcan de la Soufrière, dire comme une litanie : « C'était le temps des grands voiliers, c'était le temps des grands voiliers. » J'eus l'impression que nous étions dans une procession étrange, rendant hommage aux morts, à nos proches. Je sentais Marion bouleversée. Puis nous mîmes le cap vers la plage du Gosier et je lançai pleins gaz les deux moteurs. À un demi-mille de la plage, elle retira sa robe, la plia et la déposa dans son panier. Je mis les moteurs au ralenti mais devinai qu'il serait vain de lui proposer de l'accompagner. Elle voulait nager seule. Une fois le bateau au mouillage, non loin de la plage, elle se hissa à bord et semblait avoir retrouvé son point d'équilibre. L'eau non seulement la nourrissait, la sculptait, mais imposait un filtre entre elle et moi.

Quand je me retrouvais à bord du *Francis-Garnier* et en mer, je me disais que nous étions l'un et l'autre en fuite. Nous tournions le dos au monde des Terriens, à ses contingences, ses lourdeurs. Marion ne s'intéressait ni au quotidien ni à l'action. Elle ne l'avait jamais formulé ainsi mais ce qui la retenait, c'était le beau. Le réel la laissait indifférente.

Pour nous marins, les Terriens étaient des étrangers dont les soucis pouvaient nous contaminer comme des virus. À bord, nous formions une communauté d'hommes astucieux, débrouillards et humbles. La mer était injuste. Et nous nous inclinions devant sa monstrueuse beauté. Elle nous protégeait du reste des hommes. Nous étions ses enfants.

Le 2 août, l'Irak envahit le Koweït. Toutes les bases et bâtiments militaires furent mis en état d'alerte. Mais nous naviguions.

Est-ce au nom de la mer que nous nous étions choisis, Marion et moi ? Pour ce goût commun du silence, de la solitude ?

Marion, ma Bretonne, ma Vietnamienne, se créolisait. Elle se découvrit un goût pour les vieille biguines et les mazurkas antillaises dont elle s'amusait à chercher les 45 voire les 78 tours chez les disquaires et brocanteurs de Fort-de-France. Elle avait aménagé dans le salon un coin à elle avec ses livres, ses disques. Elle ne voulait pas occuper une grande place, de peur de déranger. Déranger qui ? Elle ne faisait aucun bruit. C'était étonnant qu'un être d'1,81 m fût aussi discret, léger. Comme si elle voulait s'effacer. Après sa douche, elle enfilait une robe de coton, ne se maquillait jamais, et triomphait de la journée. J'étais surpris qu'elle aimât le punch, la biguine. Il n'y avait rien de sentimentaliste ni de sucré en elle. C'était une femme minérale.

Au Noël de ma deuxième année à bord du *Francis-Garnier*, ses parents vinrent séjourner à la Martinique. Ils s'installèrent à la maison dans la chambre où nous avions entreposé nos malles et valises. Le père de Marion ne supportait pas la chaleur et restait à l'intérieur de la maison.

Outre-Mère voulait au contraire multiplier les excursions, faire des courses avec Marion, prendre en main la vie de la maison.

Le 26 décembre, le *Francis-Garnier* appareilla en urgence pour porter secours à un bateau de pêche du Surinam. Dans ce départ précipité, j'eus l'impression de mettre Marion en péril. À mon retour, elle m'attendait avec son sourire. Marion et ses parents s'étaient retrouvés tous les trois pour sa plus grande joie et son équilibre. Un mois plus tard, alors que nous avions repris nos habitudes à deux, elle m'annonça un soir après la douche qu'elle pensait être enceinte. Sans certitude. Pourquoi doutait-elle ? Elle consulta une gynécologue qui lui confirma sa grossesse mais lui demanda de se montrer patiente.

Pour la première fois, je vis Marion en déséquilibre, perdant cette gravité physique et morale qui lui était propre. Elle s'enroula sur elle-même comme une danseuse de ballet, qui s'effondre. Marion la méditative fut la proie du tourment. Le travail de sa thèse devint secondaire. Et même si elle continuait à se baigner, elle restait parfois au lit le matin au lieu de m'accompagner au Fort Saint-Louis et d'aller nager à la plage. Elle s'enferma même deux ou trois jours dans le silence. J'eus l'impression de vivre avec une muette. Et puis elle me parla de son état. Elle avait des envies de sommeil impérieuses. Sa poitrine gonflait. Elle m'exposait les signes qui pouvaient confirmer une grossesse. De mon côté, père signifiait sédentaire. J'avais pourtant choisi une vie de navigant. Père, c'était quoi ? La joie ? Une chaîne ? Je voyais une trace et une terre ferme.

Je pressentais que la peinture serait l'art de la dérive, de l'incertitude. J'avais la tentation de m'éloigner du réel. La Marine m'empêchait de verser par-dessus bord. Elle me maintenait. Père? Était-ce ma vocation? Marion était si jeune. Voulais-je de ces responsabilités? Parfois, j'étais hanté par la stérilité. Était-ce si grave de ne jamais donner la vie? Je m'imaginais alors marin errant, d'affectation en affectation de plus en plus lointaine, consacrant le reste de mon temps à la peinture.

J'avais fini par voir en Marion un modèle. Le piège était de l'idéaliser. Je ne cessais de contempler son corps de nageuse. Jamais nous n'avons tant marché qu'à cette époque, sur les plages de Sainte-Anne, des Salines et même sur celle du Fort Saint-Louis. Je la tenais par l'épaule pour parler de cette grossesse possible. Elle s'appuyait contre moi comme un mât incliné de grand voilier. Nous étions à la fois dans l'espérance et le doute.

Malgré ce souci, Marion restait légère dans ses mouvements. Ses pas glissaient sur le sol. Le seul bruit qui me permettait d'identifier sa présence était l'eau de sa douche. C'était la première chose qu'elle faisait avant de boire sa tasse de thé en croisant toujours les jambes et en lisant un livre qui ne concernait pas son sujet de maîtrise. Jamais le bruit de la radio ne venait polluer ce moment de l'éveil. Nous écoutions le chant des colibris, des aigrettes et celui du coq qui montait d'une basse-cour située à côté de la cité des Amandiers. Ses cheveux courts étaient encore mouillés. Et même pendant les chaleurs moites, Marion demeurait une pierre polie. Elle avait une façon très personnelle de souffler vers ses cheveux pour s'aérer. Elle me faisait penser à un long pinceau chinois, pareil à ceux qu'on utilise pour la calligraphie.

Un matin de cette période de doute sur la grossesse, alors que je me trouvais sur l'aileron de passerelle du *Francis-Garnier* pour surveiller un plageage avec les marsouins du bataillon d'infanterie de marine, j'eus l'impression que mes mains avaient grossi à cause de la peinture, que je m'enfonçais peu à peu dans la matière. Marion savait la place que la peinture occupait dans ma vie mais ne m'interrogeait pas sur ce sujet. Elle s'était intéressée à mes tableaux en Bretagne. Depuis son arrivée à la Martinique, elle me voyait en officier de Marine. Une part de moi-même aurait voulu s'ensauvager. J'étais peut-être trop corseté dans mon uniforme et ma fonction. Tout de même il faudrait bien un jour m'abandonner à ce vertige. À l'immensité. À la mer. À la peinture. Je redoutais de me consacrer à ce monde intérieur. Je le voyais comme une tour en spirale en haut de laquelle on finit par s'étrangler.

Dans notre maison de Fort-de-France, j'avais déposé au coin de notre chambre un porte-dessins, des tubes de peinture, une boîte d'aquarelles comme un type qui fait du bricolage. Mais je ne pouvais passer à côté de l'envoûtement des îles que j'abordais chaque semaine. À Saint-John's, à Marie-Galante, je profitais des escales pour faire des croquis et dessinais aussi les visages des hommes du 33e RIMA que nous avions embarqués. Il était si étrange dans notre navigation de penser la France en guerre. Elle avait rejoint la coalition alliée contre l'Irak. Nous faisions des exercices de débarquement, d'infiltration, d'évacuation de ressortissants mais avec nos shorts bleus pour la marine et kaki pour l'armée de terre, nous ressemblions à une armée tropicale. Nous recevions des télégrammes de l'état-major qui redoutait l'attaque de pirogues kamikazes. Nous nous tenions à l'écart de cette paranoïa : il suffisait de regarder le paysage. Nous en parlions souvent le soir au carré avec le second, le chef mécanicien, le médecin, un appelé du contingent, interne en dermatologie, musicien de jazz et amateur de littérature américaine. La vie du carré échappait aux conventions hiérarchiques. La moyenne d'âge du bateau était très jeune. Le plus ancien officier marinier avait quarante et un ans et notre pacha trente-sept. Je vivais un heureux compagnonnage. Nous étions à la fois dans l'action et la splendeur de la Caraïbe. Le soir, quand le bâtiment s'endormait, je pouvais songer sous les étoiles à Marion et à la peinture. Mais ce n'était qu'un songe. Et Marion, elle, se retrouvait seule avec ses livres, ses doutes, sa grossesse.

Vu d'un bateau, le ciel est la continuation de la mer, un panneau qui se déplie, tenu par un fil invisible. Et devant moi, il y avait Marion, la navigation, la peinture. Tout m'apparaissait fluide et nécessaire. Embrasser la vie d'un aileron de passerelle et voir apparaître au loin les îles. Tout sauf devenir un peintre du pittoresque, qui représenterait des palmiers, des dos de femmes, l'outre-mer. Le jour, quand je n'étais pas de quart, je faisais des esquisses du bateau au fusain et au pastel, le premier donnant de la profondeur au second. Étais-je prêt à tout lâcher pour le vertige. Ou préférais-je la surface radieuse de la mer? Parfois cette incertitude me recouvrait comme une vague scélérate.

Un soir, en rentrant d'une journée passée à quai, Marion que je trouvais plus sereine et sûre d'elle-même m'annonça que sa mère arriverait la semaine suivante à Fort-de-France. Elle resterait une huitaine de jours. Outre-Mère tenait à être là dans cette période de doute. À mon étonnement je lui dis que c'était une bonne chose, que sa présence allait l'aider. Nous devions faire confiance au destin, tout était écrit. Je n'avais pas prononcé le nom de Dieu. La fréquentation des stoïciens avait fait de Marion un esprit sceptique. Elle était étrangère au catholicisme et les calvaires bretons lui faisaient froid dans le dos. Le bouddhisme était la religion de ses ancêtres maternels. Elle me parlait du nouvel an vietnamien sans songer à le célébrer, contrairement à sa mère. C'était tout de même étonnant, cette Bretonne au sang vietnamien qui passait son temps dans l'antiquité gréco-romaine.

Le *Francis-Garnier* entra en cale sèche pour une période d'entretien intermédiaire. Je n'étais pas mécontent. Cela me permettait d'être à la maison plus tôt le soir. Je la prenais dans mes bras. Pour la première fois, je la sentis déracinée, en manque de sa Bretagne, de sa presqu'île. Elle devint même méfiante envers la Martinique, les conditions d'hygiène, la nourriture qu'elle mangeait.

Elle fut soulagée à l'arrivée de sa mère. J'étais de service sur le *Francis-Garnier*. Elle alla la chercher seule à l'aéroport. Je les retrouvai toutes les deux le soir. Outre-Mère après sept heures de vol transatlantique n'affichait aucun signe de fatigue et semblait décidée à prendre la manœuvre.

Elles ne se quittèrent pas. Je les voyais toutes les deux à l'écart sur la terrasse, marcher sur la plage de Sainte-Anne, composant une paire. Est-ce dans ces moments que Marion parlait à sa mère ? Leurs paroles m'étaient dérobées, appartenaient à la cité des femmes, à un rite duquel j'étais tenu à l'écart. C'était peut-être le secret de cette grossesse. De cette transmission.

À la maison, je me surprenais à appeler Outre-Mère « Gaëlle ». Ce prénom qui, plus que celui de Marion, avait été dès notre plus jeune âge une conque dans laquelle nous soufflions notre désir. Et maintenant, quand je pensais à elle, je l'appelais intérieurement « Outre-Mère ». Était-ce d'un côté le fantasme inaccessible de la jeunesse et de l'autre la réalité ? De son côté, elle m'appelait par mon prénom et parfois « mon futur gendre ». Elle se montrait directe, joyeuse, parfois ambiguë, toujours séductrice, d'une séduction non pas impudique ou déplacée mais dévorante. Elle avait alors quarante-sept ans et sa peau était toujours aussi lisse, tendre, ni soufflée ni rougie. Des cernes charbonneux étaient apparus sous ses yeux. C'était une conquérante au sein de son univers, la presqu'île. Elle le surplombait en guetteuse active. Elle voulait être de tous les événements. C'était une figure de proue.

Une mère et une fille. Je n'avais jamais connu ce lien, ce nœud de huit, cette double clé qui enlaçait deux êtres. Moi, j'avais deux frères, l'un pilote de port au Havre, l'autre architecte à Nantes qui avait été champion de France sur dériveur. Nous étions liés par la voile, par la baie de Quiberon.

Marion et sa mère formaient les deux parties d'une caisse de guitare un peu décalées comme celles de Juan Gris, moins cambrées que des éclisses car elles avaient toutes les deux le corps droit. Et pourtant je les devinais enlacées, enchaînées. Je n'oubliais pas que sur la presqu'île je les avais souvent vues ensemble. Mes rencontres avec Marion me semblaient des parenthèses veillées par la belle Gaëlle.

Lors de son séjour à Fort-de-France, Outre-Mère me parla beaucoup de Marion, de nous, un peu de mon métier, pas du tout de ma peinture. Elle nous trouvait jeunes pour affronter les Antilles et l'attente d'un enfant.

Mais elle avait redonné une confiance sereine à Marion. Pour elle il n'y avait aucun doute : sa fille était enceinte, ici et maintenant. Fallait-il songer encore à la peinture alors que Marion attendait un enfant ?

Le dernier dimanche qui précéda le retour d'Outre-Mère en métropole, je fis un dessin d'elles sur la plage. Je le terminai les jours suivants par un lavis à l'aquarelle et à la gouache. Les multiples coups de crayon conduisaient à une imbrication entre les deux silhouettes que je ne pus démêler malgré les ajouts de couleurs.

Marion était enceinte. L'échographie du deuxième mois nous le confirma. J'étais à ses côtés. Je l'avais rejointe en fin d'après-midi dans la salle d'attente du gynécologue. Quand j'entendis les battements de cœur de notre enfant, j'eus le sentiment d'être dans un sous-marin, aux côtés des oreilles d'or qui écoutent la signature des bateaux dans les profondeurs.

De nouveau Marion se déploya comme un palanquin surplombant le rivage. Elle devint sensible à toutes les odeurs et parfums. Elle trouvait que notre petit jardin sentait l'asperge alors que nous n'y cultivions aucun fruit ou légume. Elle me demanda de lui dessiner des christophines, des goyaves, et surtout des pommes cythère qu'elle achetait au marché.

Je vis ses seins devenir plus lourds et son corps s'étira. Elle reprit ses habitudes de nageuse auxquelles elle ajouta des cours de yoga. Et surtout elle se plongea dans la rédaction de la thèse sur l'*otium* romain.

Alors qu'elle s'était montrée un temps rétive à la Martinique, elle me déclara son attachement à cette île. Elle se créolisa. Sa démarche devint plus languide. Je la trouvais tantôt rigide et fière comme une fleur de balisier, tantôt souple comme une fougère arborescente.

Après la confirmation de sa grossesse, nous prîmes nos habitudes aux Anses-d'Arlet. Certes, cette partie de la côte était très ventée mais nous aimions ce village auquel on accédait par une route en lacet jusqu'à la mer et que j'abordais en douceur pour ne pas provoquer de nausées à Marion. À chaque fois, nous allions à la sortie de la messe voir les Arlésiennes coiffées de chapeaux blancs, mauves, colorés, les plus jeunes, tête nue, les cheveux tirés, lissés au point d'apparaître vernissées de noir. Puis une fois la foule dispersée, nous entrions dans l'église aux bancs de bois clair, aux persiennes à vantaux et à la Vierge à l'enfant recouverte d'un voile bleu. Elle n'avait aucun charme particulier mais elle était située dans l'alignement du ponton de la plage et son haut clocher servait d'amer aux bateaux. Jamais je ne vis Marion aussi rayonnante qu'à cette époque-là. Ses jambes bronzées, son poignet droit de joueuse de tennis entouré d'un bracelet rasta acheté à un vendeur ambulant sur la plage, son sourire à chaque fois que nous nous adressions la parole. « Je ne peux même plus boire de punch », me disait-elle d'un ton enjoué en harmonie avec la nature et la vie.

Le dimanche, nous restions aux Anses-d'Arlet jusqu'au crépuscule. Nous regardions le ciel devenir jaune, or, gris pendant que la mer se transformait en morceau d'améthyste.

Les Anses-d'Arlet furent l'endroit précis où nous avions logé notre idée du bonheur et des tropiques. Il y eut cependant un incident qui marqua Marion à cause de son état. Elle devait être enceinte depuis trois mois et l'arrondi de son ventre n'était pas encore visible. J'étais allé chercher du poulet grillé à la vendeuse de la plage. À mon retour, au regard de Marion, je compris qu'il s'était passé quelque chose. Elle me raconta. Un Martiniquais était passé devant Marion et avait enlevé sa serviette de bain autour de sa taille, laissant voir un sexe turgescent. « Tu veux, beauté ? » lui avait-il lancé. Le Martiniquais avait aussitôt quitté la plage.

Des ombres hantaient cette île, surtout la nuit quand les revenants venaient visiter les habitants. Dans la journée, ils prenaient l'allure de gros nuages noirs tournant autour d'un soleil brûlant, et quand la pluie se déversait, les torrents et les cours d'eau débordaient, tirés de leur lit par les esprits.

Nous étions deux, bientôt trois. Je m'interrogeais sur cette solitude que je ressentais face à ma peinture. Je savais qu'il me faudrait donner naissance à la beauté, que je ne pouvais sans cesse m'y abîmer sans me montrer à la hauteur. La solitude m'étranglait le matin au réveil dans un état de semi-conscience. La marine et la peinture avaient longtemps navigué de conserve, mais c'était une autre époque. La marine appartenait à l'ancien monde. Sa devise, « honneur, patrie, valeur, discipline », sonnait comme une marque de désuétude. Il nous arrivait de suivre à la télévision du bord les offensives américaines sur Bagdad en ayant l'impression d'assister à un jeu vidéo. Et pourtant nos bâtiments, notre porte-avions, étaient déployés en mer Rouge et dans le golfe Persique. Je ne suis pas sûr que j'aurais aimé participer à cette guerre. Des camarades de promotion se trouvaient à bord de navires engagés, et j'imagine qu'ils considéraient cela comme une chance. La mer n'était pour moi que contemplation. Et la peinture dans la marine n'était là que pour rapporter la geste de nos bâtiments. Je me souvenais avoir vu dans la résidence du préfet maritime à Brest les grands formats de Brenet, de Chapelet, qui scellaient dans leur majesté cette alliance de la peinture et de la marine.

Autre chose m'appelait, moins colorée, moins joyeuse, moins exotique. C'était plus sombre, plus labyrinthique. J'en avais le pressentiment. Et pourtant je me disais que cela pourrait être un vrai voyage si j'emmenais Marion faire le tour des ports de France pour peindre des marines : Porten-Bessin, Honfleur, Saint-Valery, Saint-Malo, Concarneau, Bénodet, Collioure. Du mouvement, de la vie, des couleurs, une composition décorative. Mais peindre des vues de ports ne m'intéressait plus. Les romans maritimes hormis ceux de Conrad m'avaient toujours ennuyé. Et à bord du *Francis-Garnier*, j'avais toujours avec moi un recueil de poésie. Je me souviens d'une édition de poche des *Fleurs du Mal* de Baudelaire dont la couverture représentait un visage de femme dessiné par le poète, et qui aurait pu passer pour étrusque : pour moi, c'était Marion.

Le jaune et l'orange n'existent pas dans les lumières de Bretagne mais dominent aux Antilles. Je voulais conserver le souvenir de ces couleurs débordantes pareilles à la lave d'une éruption volcanique. Je commençais à peindre le soir des paysages de la Martinique, la mer bien sûr mais aussi la terre dans ce qu'elle avait de plus épais, de plus tropical. Et puis souvent il y avait une silhouette marchant ou allongée. C'était Marion que je finissais par prendre pour une Martiniquaise. Sa langueur m'y invitait. Et je laissais entrer dans mes toiles le végétal. Je n'allais pas vers l'épure mais la saturation. À bord du *Francis-Garnier*, je demandai au charpentier des plaques de cuivre sur lesquelles je peignais directement et qui enflammaient mes compositions. Marion avait fini par modeler ma peinture. C'était une femme caméléon. La Martinique était la première marche de notre vie de couple. « Je te remercie de m'avoir sortie de la presqu'île », me dit un jour Marion. Nous étions tous les deux sur notre île de la Caraïbe. Certes l'équipage du *Francis-Garnier* formait une famille. Un familistère plus précisément. L'épouse du pacha mais aussi celle du COMAR s'efforçaient de tenir à bout de bras le moral de la communauté marine. Leur énergie me fascinait. Si Marion avait voulu, elle aurait pu se rapprocher d'elles. Mais son inclination vers la solitude, la natation, la lecture, l'étude des anciens l'en avaient tenue à distance. J'appréciais le stoïcisme de Marion qui pouvait passer pour de la dureté. Elle se contentait de son *otium* et semblait ne jamais rien vouloir demander. Elle s'habillait de vêtements fluides. Elle avait une malle avec ses livres, son dictionnaire Gaffiot latin / français, sa raquette de tennis. Il nous arrivait de jouer même dans les premières semaines de grossesse de Marion au club sportif militaire sur la route du morne Desaix. J'avais alors l'impression de revivre mon adolescence au Bois d'Amour. Mais nous passions plus de temps dans la mer que sur les courts. Marion regrettait que les piscines fussent si petites. Elle me parlait des bassins royaux d'Angkor au Cambodge, qui eux étaient vraiment olympiques. Après son troisième mois de grossesse, elle me dit : « Je me sens plus lourde dans une piscine que dans la mer. » Elle ne s'attachait à aucun objet, refusait de dépendre des choses matérielles. Elle voulait rester une femme de passage. Elle semblait encombrée d'elle-même, s'effaçant, s'estompant comme du brouillard. Dans une pièce, elle se nichait dans les coins. Les autres la terrifiaient, lui rendaient impossible tout échange. C'est avec l'eau qu'elle aimait dialoguer, un miroir qui seul semblait savoir lui parler. Nous évoquions sa grossesse, son accouchement. Nicolas, le médecin du bord, m'avait recommandé la maternité de Clarac. Nous dînions parfois avec lui et sa femme, Estelle, une blonde sportive, journaliste de télévision qui avait démissionné de son poste à Paris pour suivre son mari. Elle faisait beaucoup de planche à voile, de la plongée. Parmi nos rares fréquentations, c'est d'elle que Marion se sentait la plus proche. Mais nous aimions surtout nous retrouver tous les deux sur la terrasse qui prolongeait la salle à manger, l'endroit où nous passions le plus de temps, ouverte sur trois côtés. Je revois ses colonnes de ciment noircies au pied par l'humidité et sur lesquelles couraient les lézards verts. C'était quoi, cette harmonie ? Le silence ? Le calme ? La vague qui se déroule. La mer quand on la regarde de la passerelle d'un navire. Était-ce cela que je recherchais ? Les moments trop plats me renvoyaient à ma propre mort, à la fuite du temps dont on ne fait rien. La peinture me semblait sauver la beauté qui passe au fil de l'eau, l'empêcher de se noyer dans l'oubli. Pouvais-je faire l'amour à Marion, avoir un enfant avec elle et dans le même temps l'utiliser comme modèle. Je n'avais suivi ni école ni apprentissage de la peinture. Je n'avais pas de maître, à peine un atelier, des admirations contradictoires. À peine avais-je découvert un peintre qu'il pouvait déclencher un ravage en moi qui me permettait d'avancer. Je connaissais l'écueil : l'académisme. Surtout ne pas m'inscrire dans le sillage de la tradition. La peinture, ce devait être la désobéissance. Il se passa en moi un double phénomène lors de mes navigations à bord du *Francis-Garnier* – la prise de conscience que je n'étais qu'un presqu'insulaire à la dérive : bien évidemment, c'était une chance de ne pas être sédentaire, pétrifié, puisque porté par les courants, observant le défilé du monde. C'était une sorte de mécanique des fluides. Et, en même temps, j'appartenais à la communauté de la Marine nationale, à la fois traditionnelle et sophistiquée, hyper figurative et capable de plonger dans l'abstraction. Tout était bien une question de forme et d'organisation des couleurs. Je sentais que je serais en permanence écartelé entre la Marine et la peinture. Les couleurs des tropiques, de la presqu'île, des mers ne me suffiraient pas pour avancer. Je devais me laisser happer par l'inconnu, m'accrocher à une ligne de vie, et avancer au-delà des routes tracées. Non pas m'enfoncer dans la nuit, mais découvrir une étendue aussi infinie et lumineuse que l'outremer. Je savais que ce serait ma lutte. J'avais besoin d'étaler ma peinture à perte de vue en ouvrant les angles et les perspectives. La mer me guiderait vers cette île encore invisible.

La Marine m'enseignait la rigueur. Il fallait dégager la table des cartes pour faire le point, écarter l'encombrant.

Était-ce la guerre du Golfe qui me donnait l'impression d'être un exilé de l'histoire ? Nous recevions des messages sur le mouvement de nos bâtiments, les tirs de missile. Nos avisos et frégates surveillaient les détroits d'Ormuz, de Bab-el-Mandeb. Nous suivions la guerre en direct grâce à la chaîne américaine CNN. La coalition alliée rassemblait plus d'un million de soldats, six fois plus que le débarquement du 6 juin 1944 en Normandie. L'enjeu était clair : le pétrole et la libre circulation des marchandises. Cette guerre du Golfe avait surgi comme une catastrophe, un précipité imprévisible : nous avions été élevés dans les écoles pour nous battre contre le bloc soviétique.

Dès lors que nous n'étions pas en opération, c'était le principal sujet de conversation du carré. Des officiers mariniers se demandaient si le *Francis-Garnier* n'allait pas prendre la relève au cas où le conflit se prolongerait. Même avec Marion, nous parlions de la guerre du Golfe – ce golfe qui nous renvoyait au nôtre, celui du Morbihan. Étonnamment, cette femme dégagée de toutes les contingences était capable de toquades pour l'actualité. Elle avait été très sensible aux frappes de l'aviation américaine. Elle les suivait même en direct à la télévision. Dans quel monde notre enfant allait-il naître ? semblait-elle s'interroger.

Outre-Mère nous envoyait du courrier de métropole et y joignait de vieux numéros d'*Ouest-France*. Rien ne réjouissait plus Marion que cette lecture décalée sur la vie bretonne : « J'ai l'impression de me baigner à Port-Haliguen », me disait-elle. Cela lui permettait aussi d'oublier la guerre qui ne la concernait pas pourtant directement. Son calme, sa sagesse, son goût de l'antique prirent le dessus. Et elle retrouva son centre de gravité.

De Marion à cette époque, je fis une série de pastels et de fusains. Elle avait pris l'habitude de mettre un foulard ocre noué en turban autour de ses cheveux. Avec sa peau mate qu'elle protégeait désormais du soleil depuis la confirmation de sa grossesse, elle me faisait songer à une femme or et noir. Le fusain convenait aux lignes de son corps et le pastel servait à colorer son foulard. J'étalais aussi de la craie pour souligner son grain de peau et donner du relief à son corps. Parfois, pour provoquer un déséquilibre, je lui demandais, quand elle était allongée sur le côté, de lever une jambe. Je devais m'exécuter rapidement car la position la fatiguait et je ne voulais pas que le bébé lui pesât sur le ventre. J'aimais aussi le noir de l'encre de Chine qui me permettait de griffer son corps. Le noir et le bleu étaient ses deux couleurs. Ses tentations. La gravité, l'autorité silencieuse, intransigeante. Le bleu, entre mer et nuit, qui convenait à sa nature rêveuse. Je la dessinai aussi de dos, les jambes croisées, légèrement penchée en avant, les vertèbres cervicales saillantes, et cette inclination donnait une courbe à son corps si droit. J'aimais voir ses cheveux coupés courts et sa nuque longue.

Même à bord du *Francis-Garnier,* je peignais avec une frénésie inhabituelle. Nous appareillâmes pour lutter contre une marée noire provoquée par le naufrage le long des côtes de Saint-Barthélemy d'une barge transportant 4700 tonnes de pétrole. Je fus fasciné par cette viscosité qui selon la forme de la mer prenait des couleurs différentes. Il me semblait voir toute la palette de la création. Et je compris soudain combien le noir était si peu répandu dans la nature.

Après une escale en Guyane, je reçus un message du gestionnaire des carrières. Il me proposait le commandement du *Jaguar*, un bâtiment de la « ménagerie » qui regroupait nos huit bateaux-écoles aux noms d'animaux sauvages à bord desquels nous avions appris notre métier de chef de quart. J'en fus bouleversé. Je réalisai que je serais reconnu commandant en même temps que père.

Quand j'annonçai la nouvelle à Marion, elle fut à la fois

fière de moi et surprise de retrouver aussi vite sa presqu'île. Les dieux avaient décidé pour nous. Nous avions été fiancés à la Martinique et serions parents en Bretagne. Il y eut les préparatifs du départ. J'avais accumulé beaucoup de dessins, peint sur des plaques de bois, de cuivre. Nous avions acheté quelques meubles, une table, une méridienne, des chaises à bascule antillaises. Je me décidai à louer un demi-conteneur pour rentrer légers. La Martinique est surnommée l'île des Revenants. Elle produit un attachement sentimental chez toute personne ayant un peu de sensualité. Le pacha du *Francis-Garnier* organisa une réception en notre honneur. On nous offrit deux belles statues en bois d'ébène : un paysan et une doudou comme en avait dû voir Lafcadio Hearn en son temps à Grande Anse ou au Morne-Rouge. Marion pleura lors du discours. Elle pensait ne pas être aimée par la communauté marine.

Ce séjour de deux ans à la Martinique m'avait appris à la regarder. Ce regard quotidien me la fit aimer. Cette répétition ressemblait au lever du soleil chaque jour sur la mer. J'avais beau la voir le matin avec son mug de thé, les jambes croisées et lisant quelques pages d'un livre, m'émerveiller de ses pieds nus, ses orteils, ses ongles, je me demandais si elle ne sortait pas de la mer qui l'avait polie. J'étais face à elle sans effusion, devant un grand arbre qui vous impose sa grâce et sa sagesse. Pauvres petits bonshommes que nous sommes. Et ce regard, Marion ne l'ignorait pas. Il était une transmission silencieuse.

Mon horizon : Marion, la peinture, la mer. Je connaissais l'exemple des grands maîtres qui s'étaient noyés dans la couleur jusqu'à la folie. Je pensais à ces illustres prédécesseurs dans la peinture et en même temps à toutes ces âmes qui vivaient sous la mer. Les naufragés, les péris formaient devant mes yeux une fresque à la Jérôme Bosch. Le bruit des moteurs des bâtiments devait les troubler dans leur divagation et sommeil. Et je me disais que c'étaient toutes ces âmes, tous ces corps, tous ces bras qui portaient nos navires et les soutenaient. Un accès de fatigue ou de colère de leur part, et nous coulions à pic. La mer parfois si lisse d'apparence pouvait être soumise dans ses tréfonds à des forces violentes et contraires. Mais je n'étais pas à l'âge où je devais me préoccuper de la face sombre et dérobée de notre condition. Il suffisait de me rapprocher de la silhouette apaisée de Marion, de cette harmonie silencieuse. On avait l'impression qu'elle avait quitté le monde du réel et trouvé refuge derrière son cercle.

III

Marion rentra en métropole juste avant que son état ne lui interdît de prendre l'avion. Et puisque tout se précipitait, nous avions décidé de nous marier. C'était Marion qui m'avait posé l'idée devant les yeux. Je n'avais aucune exigence, seulement d'inviter quelques amis du temps du tennis du Bois d'Amour et de l'École navale.

La seule chose qui nous importait, c'était l'église. On pensa évidemment à la chapelle Saint-Clément mais elle était en restauration. On avait écarté d'emblée l'église de Quiberon, trop grande, trop froide. Elle se confondait avec des visions d'enterrement. Notre choix se posa sur Notre-Dame-de-Lotivy. Nous passions souvent devant cette chapelle d'ardoises et de granit quand nous faisions du vélo sur la côte sauvage : la statue de Notre-Dame-de-Lotivy, celle de Philomène, et la voûte bleue semée d'étoiles qu'admirait Marion.

À peine revenu dans la presqu'île, je voulus reprendre mon travail dans l'atelier aménagé chez mes parents. Mais il y avait tous ces préparatifs du mariage auxquels je ne comprenais rien, charge terrifiante dévolue heureusement à Outre-Mère et mes parents. « Un jour, je t'offrirai l'atelier de tes rêves », me dit Marion, dans l'euphorie de sa grossesse et de notre prochain mariage. Chaque matin, je partais à bicyclette avec mon carnet de croquis avant d'être écrasé par les servitudes : je devais m'occuper de notre installation à Brest. En deux jours, j'avais trouvé un appartement suffisamment grand pour nous trois près du square Marc-Sangnier. Au bout du compte, Marion avait décidé d'accoucher à Vannes. Elle resterait quelques semaines ensuite chez ses parents avant de me rejoindre avec notre enfant. Marion avait besoin de sa mère, de cet ancrage familial. Moi j'allais rallier le *Jaguar* qui appartenait à la 20e division École.

Pour le moment, nous étions dans notre presqu'île, sur le point d'échanger nos promesses au nom de notre enfance sauvage et maritime. Nous ne passions pas une nuit l'un sans l'autre. Nous dormions dans sa chambre de jeune fille. J'y faisais de drôles de traversées. Je nageais à mon tour, revoyais Marion à huit, quatorze, dix-sept ans.

Dans la fraîcheur de l'aube, je passais devant les tennis du Bois d'Amour où de longues adolescentes jouaient avec élégance et force. À chaque nouvelle génération, les balles semblaient aller de plus en plus vite.

Je me mis de nouveau à pratiquer le tennis avec mon copain d'enfance, Marc. Je ne pouvais plus me satisfaire des courts en matière synthétique du Bois d'Amour et ne résistais pas à la terre battue du tennis des Dunes. Calcaire mélangé à de la brique pilée.

Je trouvai à Vannes chez un grossiste un sac de quarante kilos de terre battue, enveloppé de plastique blanc. Je le déposai dans le garage de mes parents. Je pris conscience qu'un court de tennis long de 23,77 m et large, avec ses deux couloirs latéraux, de 10,97 m était l'un des plus grands formats jamais conçus en peinture. C'était un tableau parfait avec sa couleur, ses matières, ses lignes droites, géométriques, et la balle, l'inconnue, le point de folie. Avec Marc, nous jouions tous les jours à midi, deux heures, certains que les courts à l'heure du déjeuner n'étaient pas occupés. Une façon d'enterrer notre vie de garçon. Et de réfléchir à la peinture. En mer, nous avons l'infini devant nous et nos cartes de navigation nous servent de cadre. Dans la peinture, nous avons un cadre dans lequel nous devons trouver l'infini. Pour le moment, je me protégeais de l'éclatement. J'aimais la mobilité et l'accélération de la balle. Je n'avais pas le temps de mettre en œuvre mes réflexions. Je dessinais le matin sur mes carnets. Mais Marion était mon souci et il y avait notre mariage, notre emménagement à Brest. Je me sentais dévoré par l'urgence du temps et je savais que seules la mer et la navigation permettraient de ralentir cette combustion. En mer, on ne perd jamais son temps. C'est la vraie volupté. Un bateau, un espace réduit et là devant vous, l'horizon.

Mais il était temps de me mettre au travail. De dessiner, de poser quelques aplats de couleurs et ensuite d'aller regarder sur la côte sauvage les lumières de l'océan et du ciel, un peu comme si je montais à la passerelle. Il m'arrivait de dormir seul quand je voulais lire toute la nuit ou de peindre dans la maison de mes parents. Dans ce cas, j'allais voir Marion en fin de matinée et nous passions la journée ensemble. Chaque fois, Outre-Mère était là. Quant au père de Marion, il semblait effacé par le travail.

Bien qu'un peu plus âgés, mes parents étaient plus bohèmes que ceux de Marion. Mon père appartenait à cette génération de marins engagée en Mai 68 dans les grèves des bateaux et des ports. J'avais des photos de lui où il avait les cheveux longs. Avec l'âge et les responsabilités de commandant, il les avait coupés. Mais pour lui, la mer, c'était toujours le plus sûr moyen de laisser les soucis derrière soi.

Le mariage à la mairie eut lieu un vendredi. Les deux témoins de Marion furent sa sœur cadette et une amie de la faculté des lettres de Rennes, Irène, une rousse aux cheveux courts. Mes deux témoins furent Frédéric et Marc, qui appartenaient à la bande du tennis du Bois d'Amour.

Dans la petite chapelle de Notre-Dame de Lotivy, je vis arriver Marion au bras de son père et ce fut un choc. Elle était vêtue d'un áo dài blanc, la tenue traditionnelle des femmes vietnamiennes. Son sourire, un triomphe.

La réception se déroula dans un château, à Kervignac, derrière la Trinité-sur-Mer. Nous y passâmes notre nuit de noces, dans une dépendance, sous des poutres et une décoration fleurie.

Marion en áo dài, ce n'était plus la même femme, comme si le blanc et le soyeux révélaient la péninsule indochinoise, un continent en comparaison de notre presqu'île. Elle me sembla soudain l'étrangère rêvée, lointaine et irréelle. Ses yeux étaient plus bridés, plus maquillés, sophistiqués. « C'était notre petite surprise », me dit Outre-Mère vêtue elle aussi d'un áo dài mais couleur or. J'appris qu'une cousine d'Outre-Mère avait rapporté la soie de Saigon et qu'une couturière vietnamienne, ancienne boat-people installée à Vannes, avait confectionné les deux robes. Outre-Mère me raconta cette petite épopée devant la tapisserie de la grande salle du château, sur laquelle était représentée une licorne : « Vous savez que le deuxième prénom de Marion est Bao Ngoc. On peut le traduire par perle précieuse. »

J'eus l'impression dans mon uniforme de marin d'être transporté en Indochine. Je songeais à Haiphong où je n'étais jamais allé. D'autant que la terrasse du château était éclairée par des bougies qui lui donnaient la splendeur d'une résidence ultra-marine. Au loin, je voyais l'eau de la rivière, et avec l'ivresse je n'eus aucune difficulté à imaginer appartenir à l'escadre de la baie d'Along.

Marion serait ma Bretagne et Bao Ngoc mon Vietnam. Elle s'adaptait physiquement au paysage dans lequel elle vivait comme ces grands fauves qui se confondent avec les hautes herbes de la savane. Elle était une femme caméléon. Je pensais qu'elle s'épanouirait dans les pays tropicaux, de mousson, maritimes et découpés. Il lui fallait du soleil, du vent, des rochers, des tempêtes et du silence. Elle n'était pas faite pour l'hiver, les grands froids, les pays septentrionaux. Elle y serait devenue grise. Son long corps se serait recroquevillé. Les silentiaires ont besoin de la nature pour parler avec les esprits et accepter la soumission à des lois qu'elles respectent.

Le lendemain matin, au réveil, je restais dans ses bras lianes, ne voulant plus quitter cette apparition vietnamienne. Ses seins et son ventre me réchauffaient à l'abri du monde. Nous étions dans le silence et, au réveil, elle avait de nouveau son visage naturel. C'est ce que j'aimais en elle. Cette peau mate des Asiatiques qui n'ont nul besoin de se maquiller.

Elle prit une douche et enfila une robe bleue qui arrivait au-dessus de ses genoux d'un ovale dépourvu de marque. Après le petit déjeuner, nous partîmes tous les deux nous promener sur le port de La Trinité. Puis il y eut un déjeuner dans le jardin de la maison des parents de Marion sur la presqu'île. Il en était fini de ma vie de garçon.

En septembre, Marion accoucha de notre fille. J'avais pris le commandement du bâtiment-école *Jaguar*. Il était basé à Brest comme tous les autres navires de la « ménagerie ». Nous devions embarquer des élèves de l'École navale la semaine suivante. Marion me téléphona à 8 heures. J'étais dans mon bureau avec le second. Elle venait de prendre un bain et pensais avoir perdu les eaux. Elle partait aussitôt avec sa mère pour la maternité de l'hôpital Chubert à Vannes. À mon arrivée, elle avait accouché depuis plus d'une heure. Notre fille dormait dans un berceau en plastique incliné. Nous nous sommes regardés, Marion et moi. Je me suis penché sur le visage de notre enfant aux cheveux noirs et épais. Nous avons parlé du prénom avec le sentiment coupable de ne pas avoir encore arrêté notre choix. J'avais proposé Lou, et Marion, Eva. « Louise », me dit Marion, et cela me parut une évidence. Je n'imaginais pas un prénom ne commençant pas par L : léger, voile, voilier, palmier.

Outre-Mère eut la délicatesse de nous laisser seuls. Quand elle referma la porte dont la clenche me sembla démesurément longue, imposante comme le corps d'Outre-Mère qui, avec l'âge, s'était épaissi, je m'allongeai près de Marion : « Merci, c'est le plus beau jour de ma vie. » Elle me répondit par un large sourire. Même avec le teint pâle, elle me parut belle. Marion ne s'attarda pas sur la narration de son accouchement. Ce qui était médical ne l'intéressait pas. Tout s'était passé très vite dès son arrivée dans la salle de travail.

En début d'après-midi, je partis chez mes parents récupérer le cadeau de naissance que j'avais laissé dans ma chambre de jeune homme. Un collier de fils d'acier comme un cordage marin, tenu par une manille en or. Le soir, je revins à la maternité pour le lui offrir. « C'est ta force et la beauté de la mer que j'aurai autour du cou », me dit-elle.

Le lundi suivant, le *Jaguar* appareillait de Brest. Quand nous passâmes le goulet, j'eus l'impression que j'emmenais toute une armada à mes côtés. Le soir, après le briefing, j'offris le champagne à l'équipage et aux élèves embarqués. Une lumière dorée balayait en éventail le raz de Sein. À bâbord, nous laissâmes la baie des Trépassés et le phare de la Vieille. J'étais père, mari, commandant. Mais il ne fallait pas étrangler l'esprit d'enfance : la peinture. Un foyer, la mer, des pinceaux, des brosses, des couteaux. Affronte donc l'inconnu. Mon mariage, notre enfant c'était une façon d'échapper à la folie, de ne pas succomber à la grâce phosphorescente des femmes des ports. J'étais menacé par l'éparpillement. Pour conjurer cette tentation, j'avais choisi l'unité, l'unique, le temps. Je pressentais que ma sauvagerie finirait par mettre en lambeaux mon uniforme de marin.

Le sauvage, le vrai sauvage, nous sommes allés le voir un mois plus tard à Copenhague, avec Marion. Nous n'avions pas encore fait notre voyage de noces prévu plus tard. Les tableaux de Gauguin furent notre première destination. Je me souviens très bien de ses paysages normands, de ses mers de Manche que je ne connaissais pas. Mais surtout de cette femme avec un éventail, étendue dans un paysage tropical et de cette hiératique vahiné au tiaré qui, bien évidemment, me troublait à cause de sa ressemblance avec Marion. Pourquoi tout me renvoyait à elle alors qu'elle était mon présent ? Avais-je déjà la nostalgie de la Martinique et des îles ?

Nous prîmes un avion de Copenhague pour aller dans le Jutland et passer deux jours à Skagen. C'était le but de notre voyage. Je voulais découvrir cette pointe du Danemark où j'avais peu de chances de faire escale avec la Marine nationale. À la fin du XIXe siècle s'y forma une colonie de peintres qui s'ouvrit à la lumière, au grand air. L'impressionnisme nordique. J'avais en mémoire quelques peintures de Peder Severin Krøyer. Je savais qu'il avait voyagé, aimé les femmes et la mer. « Open-air painting », c'est l'expression anglaise qui signifiait cette ouverture vers le large. Je la découvris au musée de Skagen que nous visitâmes trois fois. L'histoire de ces couples de peintres aiguisait la curiosité de Marion. La femme de Krøyer aussi était une artiste. Anna Ancher et son mari, Michael Peter, étaient les deux fondateurs de l'école de Skagen. Marion me fit remarquer que le peintre et poète Holger Drachmann avait eu une fille qui s'appelait Eva, « le deuxième prénom de Louise », me dit-elle. Toutes ces vies de peintres étaient remplies d'enfants, de voyages, de jardins, de bords de mer. « Il faudrait écrire un livre sur leur vie », me dit Marion. Cette idée la réjouissait. Ce voyage à Skagen fut pour elle plus que pour moi une révélation. Tant de douceur, de joie dans ces tableaux. Était-ce la comédie du bonheur ? Où commençait la mièvrerie ? La peinture de Skagen pour laquelle j'avais de l'affection était une représentation confortable de la vie artistique. Ce n'était pas la voie que je recherchais.

Marion était touchée par ces enfants courant sur le sable, leur spontanéité, la beauté de leurs mouvements et cette fusion avec la nature qui s'évanouit si vite dès l'adolescence. Était-ce parce qu'elle était devenue mère à son tour ? Jamais je n'avais vu son visage aussi resplendissant. Skagen, ses pêcheurs, ses femmes en blanc avec leur ombrelle, ses personnages estivaux la divertissaient de ses études latines et des anciens. Elle se mit en tête d'écrire un roman sur cette école de la liberté dès qu'elle aurait achevé sa thèse.

La semaine suivante, nous emménageâmes à Brest. Nous avions refusé d'établir une liste de mariage. « Notre union, m'avait dit Marion, ce n'est pas une batterie de casseroles. » Nos invités nous avaient offert un voyage au Vietnam.

Quand le ferions-nous ? Nous avions nos quelques meubles de la Martinique, parfaitement décalés. Outre-Mère prit les choses en main. Et en deux après-midi, elle fit des expéditions dans des magasins d'électroménager à la périphérie de Brest. C'était une de ses forces d'être aussi à l'aise dans les corvées matérielles de la vie que sur un court de tennis.

De mon côté, je me mis en tête de peindre la chambre de Louise en bleu et gris. Puis je m'aménageai un petit atelier. Il était paradoxal de naviguer sur l'immensité et de travailler dans un espace aussi réduit. Je retrouvais avec bonheur la mer d'Iroise surtout à l'approche de l'hiver, ses grands gris et ses ciels plats à la Ruysdael. J'observais la cinétique naturelle qui fait avancer nos bateaux et les tableaux. Chaque semaine le *Jaguar* appareillait avec de nouveaux élèves qui se préparaient à devenir chef de quart. Nous labourions le rail d'Ouessant, les chenaux du Four et de la Helle, la baie de Douarnenez. Si bien que cette mer d'Iroise se transformait en petite mer intérieure et me permettait de ressasser ma peinture. Il est de tradition à bord des bâtiments-écoles que le commandant, unique officier du bord, prenne ses repas seul. J'aimais dans ces moments-là, assis à la petite table de marqueterie, songer à Marion, dessiner des croquis, ou lire un peu de poésie. Il y avait dans la bibliothèque qui entourait mon carré des livres laissés par mes prédécesseurs. Je me promettais de les lire, essayais de savoir à quelle période de navigation ils correspondaient. Et Marion, à Brest, avec notre fille, à quoi songeait-elle ? Elle devait travailler dans la journée sa thèse, s'occuper de Louise. Et les deux me manquaient terriblement. Cinq jours en mer me semblaient un exil sans fin. À chacun de mes retours, je trouvais Louise changée et prenais conscience que tout allait trop vite.

Après son accouchement, Marion avait repris ses habitudes de nageuse. Elle avait trouvé ses marques dans une piscine olympique et municipale. Je voyais ses lunettes et son bonnet qu'elle laissait dans la salle de bains sur le séchoir. Cette nageuse était-elle ma femme, la part la plus intime, la plus secrète de ma vie ou une étrangère au langage de laquelle je n'accèderais jamais ? Que me disait-elle vraiment d'elle-même, de ses pensées ? Je l'avais dessinée, peinte parce que sa beauté me fascinait. Sa grâce, surtout, dans l'enchaînement de ses mouvements. Elle voyait clair dans le fond limpide et bleu des piscines. Alors que pour nous, marins, les profondeurs symbolisaient les ténèbres.

Une fois par mois, elle rencontrait son directeur de thèse à Rennes dont la culture et la sagesse faisaient son admiration. Il ne pouvait qu'être amoureux de Marion. Tantôt, dès le jeudi, elle regagnait Quiberon avec Louise en prenant le train jusqu'à Auray. Tantôt, Outre-Mère venait chercher à Brest sa fille et sa petite-fille. Je les retrouvais le vendredi soir en rentrant dans notre presqu'île en voiture. Je n'en pouvais plus de passer mes week-ends dans la maison des parents de Marion. Elle non plus. C'était à moi de prendre la manœuvre, de mettre ma femme et ma fille à l'abri. Nous savions que nous étions de passage à Brest. J'avais une famille. Il nous fallait trouver une maison. Elle ne pouvait être que sur la presqu'île.

Il y eut des week-ends d'hiver où nous l'arpentions de Quiberon à Penthièvre. Je poursuivais un tableau. J'avais en mémoire une huile de Jean Puy, un peintre pour lequel j'avais de la tendresse, *Crique en Bretagne.* Sans doute Puy l'avait-il peinte aux alentours de Bénodet ou Concarneau. On y voyait au premier plan une couche de jaune dans la verdure qui bordait une crique où mouillait un cotre et au fond, derrière des arbres, la masse d'une demeure au toit d'ardoises. On ne percevait pas nettement ses lignes mais elle semblait vaste et presque seigneuriale sur son promontoire. Plus que la maison, c'était sa situation qui m'avait captivé ainsi que les couches de jaune, bleu et vert. Je pensais souvent à lui quand je marchais sur la presqu'île. C'était un post-fauviste amoureux des bateaux dont Signac lui avait appris le maniement. Il avait habité le port de Sauzon, à Belle-Île, et choisi la mer comme motif de sa liberté, lui, l'enfant des monts du Forez. Éclats de lumière. La mer avait révélé sa sensualité de voluptueux. Je connaissais trop la presqu'île pour savoir qu'il n'existait pas de maison comme celle peinte par Jean Puy. Les grandes maisons avec vue sur mer transmises de génération en génération dépassaient ma solde d'enseigne de vaisseau. Une propriété en bord de mer, c'est un rêve de Terrien, pas de marin.

Pourquoi tout me ramenait à la baie de Quiberon ? À peine parti, je revenais sur cette langue de granit, cet éperon qui s'enfonçait dans l'Atlantique. J'avais atteint l'outre-mer mais elle restait mon attache. J'avais fait un demi-tour du monde à bord de la *Jeanne*, sillonné la Caraïbe. Je m'étais marié à Marion, fille de la presqu'île, et elles étaient aussi longues l'une que l'autre. Il y avait tant de mystères dans cette baie qui serait à jamais le royaume de notre enfance, celui des vents, des vagues, des horizons. Le soleil se levait et se couchait sans abîmer les heures et les journées. Le sablier de notre vie finirait par se fondre dans le sable de la presqu'île. Marion était cette femme d'eau et de vent. Mon monde, ma beauté, mon inquiétude. Ma folle raison. Souverains, la mer et le paysage nous avaient unis. Elle était mon temps. Dans cette recherche de maison, je me tournais vers la baie et au-delà le golfe, vers cette femme peintre, l'une de mes admirations secrètes, qui vivait sur l'une de nos îles, dans la solitude. Elle peignait des cercles, des lignes, l'océan Atlantique, la lumière, la côte sauvage, le silence. Elle habitait une maison de granit avec un jardin de curé, peignait des pommes pour ne pas rompre le lien avec son enfance. Elle s'était ensauvagée elle aussi. J'avais découvert ses tableaux au musée de Vannes. J'en avais vu d'autres dans une galerie à Paris. Elle était pour moi une évidence, une complicité, une vigie.

En Bretagne, nous vivions avec nos esprits et les entendions siffler comme des bouées de navigation les nuits de tempête. La mer me faisait prendre conscience de ma médiocrité de peintre et en même temps me relevait de l'effondrement. J'aimais l'embrasser de mon fauteuil de commandant à la passerelle. Elle acceptait de me recevoir. Je pouvais la regarder dans les yeux et mesurer sa force. Je voulais la peindre de son point de vue, pas de celui du littoral, de la côte du Terrien, devenir vraiment un peintre marin. Étendue hérissée d'un relief souvent lunaire. Lui donner de la matière, la rendre plus lourde et en même temps vivace. Je rêvais mes tableaux. Comme je rêvais cette peintre tutélaire du golfe du Morbihan. Les lignes des bateaux sont des pinceaux. Elles sont ennemies du faux.

À cette époque qui correspond aux premiers mois de vie de Louise, j'entamais une série d'encres de Chine représentant des profils de coques de bateau auxquels répondaient dans le ciel des ailes de sternes. Louise était née en septembre, ultime mois où l'on voyait en mer d'Iroise ces oiseaux blancs et cendrés dont les longues ailes évoquaient des étraves. Je veillais à la passerelle à éviter la sidération que me procurait une trop longue contemplation et sortais régulièrement sur l'aileron bâbord le plus proche de mon fauteuil de commandant pour me plonger dans le flanc avant du *Jaguar*. Quand j'étais trop absorbé par mes visions qui devenaient très vite des jets d'encre noire aveuglants, je descendais précipitamment dans mon carré, faisant semblant d'aller chercher un document, dessinais au *Rotring* sur une feuille à grains ce que je venais de voir comme si je déchirais avec une plume une peau, cette peau qui était la mer irisée, irradiée. Et vidé, j'étais obligé de m'allonger sur mon lit pour retrouver un peu d'énergie, les yeux fixés au plafond tandis que j'entendais l'agitation industrieuse de la passerelle. Et mes traits, hachures noires, donnaient forme et sens aux blancs de la feuille.

Heureusement, à bord du *Jaguar*, il y avait une chaîne humaine, mon garde-fou. À force je m'interrogeais sur les couleurs de la mer dans ses profondeurs. Je savais que le bleu était une illusion. De quelle couleur était-elle vraiment?

L'imiter, la représenter dans ses irisations, sa vastitude, était impossible. Comment savoir si je ne plongeais pas. Mais je recherchais quoi ? La beauté ? L'innocence ? Le voyage ? Notre vie sur la presqu'île était déjà maritime, au large du continent du réel. Et si je voulais peindre, n'était-ce pas pour saisir les couleurs de la réalité ? Que savais-je au moment où je devenais père et commandant de ce matériau ? J'étais avec mon équipage – mes équipages puisqu'il y avait Marion et Louise – et aussi les âmes mortes qui portaient la mer, tantôt calmes quand elle se montrait étale, tantôt agitées quand elle devenait une furie. J'étais un maillon et le responsable de ces chaînes. Il me fallait en même temps m'ouvrir un peu plus, accueillir des tempêtes, ne pas m'enfermer dans l'unité de la presqu'île ou de mon bateau.

J'avais trouvé des ruses pour vivre avec mes démons. Le soir, après avoir dîné et laissé mes instructions dans le journal de navigation aux chefs de quart, je tirais le rideau et m'abandonnais à mes dessins sur papiers et cartons, des encres de Chine, du pastel et des aquarelles. Je ne pouvais guère faire plus. Une fois à terre, j'étalais un peu plus mes couleurs dans l'atelier que je m'étais aménagé : deux plateaux sur des tréteaux, un chevalet, et parfois à même le sol où j'étalais un grand drap gris.

À côté, il y avait ma femme et ma fille. Que voyait Marion ? Quel bleu et noir brassait-elle ? Dans notre chambre à Brest, elle avait comme aux Antilles construit son cercle, sa table de bridge, son dictionnaire, ses « antiques » – c'était son mot pour désigner ses livres anciens à la couverture pêche ou rouge, ses disques – ses biguines, ses mazurkas, du classique, Bach et Schubert et aussi quelques disques de variété française qu'elle écoutait l'année où avait commencé notre histoire. Dans une petite valise de cuir, juste à côté du berceau de notre fille, étaient rangées des boîtes contenant des photos de Marion adolescente avec sa mère, ou en famille lors de leurs vacances annuelles en Espagne, mais aussi des cartes postales de nos escapades aux Antilles, du musée de Skagen.

Le matin, au réveil, elle s'étirait en ramenant les poings et les avant-bras sur ses épaules. Elle avait la souplesse et la discrétion d'un grand félin. Elle avait des accès de silence, parenthèses où elle concédait le minimum de mots pour nourrir et s'occuper de notre fille. Le reste du temps, elle travaillait sa thèse, et le projet de roman sur Skagen commençait à l'obséder. Entre ses études et Louise, ses semaines filaient. Depuis qu'elle était mère, j'avais le sentiment qu'elle s'ouvrait à la parole. Elle parlait à notre fille presque sans cesse quand elle l'avait dans les bras. C'était un long murmure, un ruisseau qui ondoie. Femme secrète dans ses sentiments, elle se montrait constante dans son humeur. Calme, surplombant la vie, distante vis-à-vis des passions. En lectrice, elle avait mis la littérature grecque et latine comme un filtre entre elle et l'extérieur. Et quand elle souriait, elle semblait accueillir toute la beauté du monde sur son visage. Ce sourire, c'était l'autre infini d'elle-même.

À ses yeux, étais-je un marin ? Un peintre ? Un mari ? Un père de famille ? Une fois à Brest, elle m'avait dit que ma peinture donnait de la beauté à notre quotidien. Quand nous faisions l'amour, j'avais la sensation qu'elle était la gardienne du secret. Et quand elle nageait, n'était-elle pas retirée au plus profond d'elle-même ? Je n'étais pas convié à ses bains de solitude, ses métamorphoses. Ses jambes, son grain de peau, ses pieds et ses ongles étaient polis par la mer et la lumière. Mais son âme si chère aux anciens abritait le royaume des ombres, des lumières fuyantes et paresseuses. J'étais convaincu qu'elle m'appréhendait comme un marin, un homme des voyages lointains. Et après une escale prolongée à terre, je perdais de ma magie de navigateur. Elle aimait mes retours. Elle me fêtait dans l'appartement qu'elle éclairait de bougies, me préparait un dîner soigné, elle qui n'aimait pas perdre du temps à faire la cuisine. Un vendredi soir, alors qu'elle se trouvait déjà chez ses parents à Quiberon avec Louise, j'étais passé à l'appartement avant de prendre la route. Elle m'avait laissé sur la table de mon atelier une carte postale : un tableau de Malevitch, la *Maison rouge*. Elle y avait écrit : « Mon amour, ce serait notre petite maison de bonheur… Je t'aime et j'aime t'imaginer en mer. À vendredi soir, vite. Marion. »

Où avait-elle trouvé cette carte ? À la librairie de la rue de Siam où elle allait chaque jour ? Une peinture avec des lignes d'horizon : des bleus, un bandeau blanc qui devait être le sable, la maison rouge, telle une cabane, vue de l'arrière, et des sillons de couleurs noir, jaune, vert, blanc. Marion me montrait le chemin de notre foyer, mais aussi la voie vers laquelle je devais m'orienter dans la peinture. Malevitch le fondateur du suprématisme, ce mouvement qui se concentrait sur trois éléments : le cercle, le carré, la croix. Où tout était couleurs et épure. Le suprématisme, c'était Marion. Elle surplombait le monde et dans le même temps s'en désencombrait.

Quand j'avais la tentation de rester avec elle et notre fille, de ne plus m'éloigner de la peinture, elle me convainquait d'appareiller. En toutes circonstances, Marion restait sereine, surtout dans la solitude. J'accomplissais mon devoir. Je quittais la chaleur de notre couche les matins d'hiver, ralliais mon bateau – les membres de l'équipage m'attendaient comme les gardiens d'un monde ultramarin, parés à larguer les amarres. Tout était en ordre. Nous tracions notre route.

Et Marion demeurait seule à Brest. Quel était son monde ? Ses désirs ? Ses intentions ? La seule fois où je l'avais vue perdre son axe de gravité, c'était au début de sa grossesse et de l'attente de sa confirmation. Comme toutes les silentiaires, son visage exprimait ses états d'âme. Le sourire ou le masque. Une spontanéité expressive et une tristesse des profondeurs. Le monde allait à elle. Marion n'avait pas besoin d'avancer vers l'inconnu. Les ombres composaient son intériorité. Elle semblait porteuse d'un ordre supérieur. D'une destinée qui ne se discutait pas. Aussi ses quelques mots laissés au dos du tableau de Malevitch me semblaient un poème courtois. Marion ponctuait ses périodes de silence de soupirs, son langage de résistance.

J'avais l'impression qu'elle ne conversait qu'avec sa mère et notre fille. Chaque jour, Outre-Mère lui téléphonait pour s'assurer qu'elle ne manquait de rien, que tout était en ordre. Elle était la grande prêtresse des affaires de femmes.

Elle commentait tout, le sens des choses, les intentions des uns et des autres, l'attitude des hommes. Les femmes devaient rester entre elles. Et les hommes n'étaient là que pour assurer leur bien-être, entretenir leur beauté. Était-ce pour cette raison que mon beau-père, homme intelligent et courageux, avait l'air épuisé par le travail, vidé de toute énergie. Je ne lui connaissais comme divertissement que l'ornithologie. Parfois, le dimanche matin, quand il ne se rendait pas à sa clinique, il partait tôt, vêtu d'un pantalon de golf et de chaussettes de laine. Dans un sac à dos marron, il mettait une paire de jumelles, un thermos de thé et une carte de l'IGN. Ainsi il sillonnait la presqu'île et le golfe du Morbihan. Jamais au-delà. L'idée de sortir de la Bretagne le terrorisait. Sa femme et leurs quatre enfants lui accordaient sagesse et bonheur. Il travaillait pour leur donner une vie bourgeoise. Outre-Mère se montrait toujours d'une vivacité espiègle, aussi bien intéressée par la littérature, la peinture, que la politique. Quand je me souvenais d'elle avec mes yeux d'adolescent, je l'imaginais intemporelle, indifférente aux préoccupations des mortels. Et maintenant, elle s'était incarnée en gardienne de notre foyer.

J'avais la certitude que si nous trouvions une maison nous échapperions aux intrusions d'Outre-Mère. À la fin de l'hiver, nous avions passé et repassé toutes les annonces des agences immobilières de la presqu'île. Un samedi de janvier en fin de matinée, mon instinct nous porta à aller à Saint Pierre-Quiberon. Je vis des couleurs qui me semblaient n'exister que sur cette partie de la presqu'île et, comme une apparition soudaine au réveil, je me rendis compte que nous n'étions jamais allés à l'étude notariale de ce bourg contigu à Quiberon.

Je revois Marion devant la photo de la maison, accrochée au panneau vitrée de l'étude par des épingles de couleur, s'exclamer : « C'est elle ! »

Je savais où elle se trouvait. Nous étions souvent passés devant, sur le chemin des douaniers entre les plages de Saint-Julien et du Dréhen. D'où nous nous trouvions, il suffisait d'emprunter le sentier de la Petite Côte pour y accéder. C'était une maison de granit plus large et moins haute que celle de Malevitch mais tout aussi petite. À travers une fenêtre rectangulaire, on apercevait un bateau de pêche glissé dans une bouteille posée sur une étagère en bois. Nous retournâmes chez les parents de Marion dans un état d'excitation peu habituel. Dans l'après-midi, alors que Marion et moi faisions la sieste ensemble, Outre-Mère fit un saut jusqu'à Saint-Pierre et parvint à joindre le clerc de notaire qui lui ouvrit illico la maison. Elle trouva la maison « pas fonctionnelle pour des enfants », lui accorda du charme et se déclara prête à nous donner de l'argent pour l'acheter.

Le lendemain matin, nous revînmes avec Marion sur la plage de Saint-Julien pour tout imaginer. À cause d'un vent froid, Marion avait noué un foulard jaune autour de ses cheveux. Nous restâmes assis sur le sable, les jambes repliées vers le torse avec un léger mouvement de bascule d'avant en arrière comme si nous convoquions l'esprit des anciens.

— Tu vas avoir enfin ton atelier, me dit Marion.

Je la revois ce jour-là, isolée, seule dans le tableau de la plage. Elle était l'absolue et la détachée. Celle qui s'éloignait pour mieux réapparaître là, devant la mer, évidente, douce et naturelle comme un prélude qui donne l'illusion de l'éternité. La maison ne m'intéressait pas. Je voulais simplement une vue. Voir la baie. Voir Marion puisque je l'entendais si peu. Marion sur la plage de Saint-Julien où elle semblait prendre ses repères pour notre installation.

Elle ne se montra jamais aussi volubile qu'à notre retour chez ses parents :

— Nous avons trouvé notre maison, leur annonça-t-elle.

Au bord de la mer, elle s'allégeait, sculptait sa propre statue. Elle n'avait pas besoin de peindre. Moi au contraire, j'empilais les couches, alourdissais mes toiles. Je descendais au fond de moi quand Marion semblait remonter de gouffres très lointains à la lumière. Quelle était sa blessure qui la faisait se dégager de tout et choisir le silence. Marion était couleur ombre brûlée. Ce jour-là sur la plage de Saint-Julien, nous étions restés silencieux. J'avais dessiné au pastel notre maison, le chemin devant, les arbres sans feuille et le vert des haies alentour qui entouraient un pré marin. Rien ne me plaisait plus que de saisir sur la plage le corps et les jambes de Marion. Et je pris des grains de sable que je mêlai à mon pastel parce qu'il me fallait entendre le crissement du grain sur la feuille, comme si je donnais de la matière à son corps. Jambes longues et repliées de Marion, étrave noire de mon bateau gris.

Parfois sur une vitre de la passerelle, en face de mon

fauteuil de commandant, j'effaçais la route et les caps tracés au feutre pour dessiner les rayons du soleil en éventail. Seulement pour me souvenir de cette apothéose flamboyante. Autour du bateau se dressait la figure de Marion. Elle apparaissait d'un coup comme un point d'exclamation à l'horizon. Veillant, sur la mer qui venait se déchirer sur les roches noires. Elle aurait pu me faire songer par sa taille au phare d'Ar-Men mais dans le raz de Sein, c'est quand apparaissait celui de la Vieille qu'elle s'imposait à moi : il était situé sur le rocher de Gorle Bella. Il se révélait le plus orgueilleux et hiératique dans sa solitude et son éloignement.

Marion était une réfractaire mais une fois la maison achetée grâce à l'argent donné par ses parents, elle prit les choses en main. De mon côté, j'entrepris de grands formats sur les phares où la construction était estompée pour ne laisser qu'émerger des aplats de couleur. Parallèlement, je travaillais à une série de cercles. Puis j'en vins à reprendre mes tableaux sur les vagues où plus précisément sur les ondulations. J'essayais d'isoler l'épaisseur de la mer à laquelle répondaient les nuages tantôt aussi épais, tantôt griffés, calligraphiés, prenant des formes de pieuvres aux tentacules allongées. J'étais loin des peintres de marine post-impressionnistes qui représentaient la mer dans son immensité vivante. Surtout ne pas se laisser rattraper par les beaux-arts, rechercher la radicalité. Cette radicalité était-elle compatible avec mon commandement et la rigueur exigée par la navigation ? J'aimais voir les élèves sur les ailerons, avec leur casque de transmission, tourner l'alidade comme si elle était un globe terrestre et prendre un repère à travers l'oculaire, fil d'or lancé vers un amer. Je me trouvais au cœur d'une toile.

Chaque semaine, je renouais avec la litanie des exercices, navigation en eaux resserrées, homme à la mer, poste de combat, hélitreuillage, avarie de barre, hippodrome que nous tracions dans la baie de Quiberon : chaussée de la Teignouse, chaussée du Béniguet, anse du Conguel, pointe Riberen, Baguen Hir, Beg Rohu, ours de Kerbougnec. Aux jumelles, je pouvais voir notre maison, la plage de Saint-Julien, du Dréhen, la route de la Petite Côte. Et le retour vers Brest, l'approche de l'arsenal. « À gauche 5. La barre est 5 à gauche. La machine en avant 2. Machine réglée avant 2. Zéro la barre. La barre est à zéro. Gouvernez au 245. En route au 245. »

Je rentrais au port. Je devais accomplir les formalités, signaler les incidents de navigation. Je n'avais qu'une hâte : courir jusqu'à la rue Marc-Sangnier, voir les visages de Marion et de Louise. Les grands yeux, les cils si tracés et presque arqués de ma femme.

Je n'aimais rien tant le matin que prendre Marion dans mes bras et ensuite sentir le corps de Louise contre mon torse nu, ce peau-à-peau où je touchais la tendresse de mon monde. Et j'en avais les larmes aux yeux, car je savais que j'avais atteint le point extrême du bonheur. Un cercle d'or un peu comme mon alliance qui me chauffait le doigt.

À la vérité, je ne pensais qu'à ma peinture. Le week-end, sur la presqu'île, je me levais avant l'aube pour regarder les premières lueurs sur la mer. Et puis je filais chez mes parents à vélo, laissant Louise et Marion, consacrant la matinée à mes tableaux. Le soir, quand elles étaient couchées, je regardais des catalogues d'exposition – et c'était l'une des choses que j'appréciais dans la maison des parents de Marion, il y avait des beaux livres de peinture et d'architecture.

J'avais de nombreux chantiers dans la tête mais il me fut impossible de m'occuper de celui de la maison. Marion, à ma grande surprise, elle d'ordinaire si distanciée, s'y attela comme si elle avait trouvé soudain sa voie. Épaulée par Outre-Mère, elle trouva un architecte et un maître d'œuvre. Le week-end, elle me montrait plans et tracés, échantillons de matériaux, de bois, de ciment, de carrelage. Je l'aimais, j'approuvais ses choix. Je vis Marion quitter un temps ses livres des Belles-Lettres pour des magazines de décoration : « Comment aménager de petits espaces », « Idées de déco pour vivre dehors ».

En revanche, je dessinai en accord avec Marion mon atelier qu'abriterait un ancien garage au coin du jardin. Il fallait presque tout démolir pour mieux reconstruire. Du bois, du verre et de l'acier. Ce n'était pas immense mais au moins j'aurais un lieu à moi, à l'écart. Plus je me concentrais sur ma peinture, plus je pensais à de grands formats sur lesquels je travaillerais avec des échafaudages et des poulies. Il m'aurait fallu des plafonds hauts, mais ici sur cette zone protégée du littoral, il était impossible de construire un bâtiment élevé. Le chantier de la maison m'effrayait. Je n'avais plus de disponibilité. Marion découvrait un nouvel horizon : celui du plâtre, du ciment, de l'artisanat. Ça semblait l'absorber et l'épanouir.

Je vivais à bord du *Jaguar*, dans notre appartement de Brest et à Quiberon où nous revenions le plus souvent pour les travaux de la maison. Parfois, Marion me demandait de venir à une réunion de chantier, la plupart du temps elle y allait avec Outre-Mère. J'avais le sentiment de vivre dans l'éclatement, et mon besoin de peindre était impérieux. J'effaçais peu à peu les formes pour laisser les couleurs envahir les toiles. Alors qu'en mer, il fallait tenir notre cap, notre bateau, notre équipage ; tout border, tout vérifier. Et je me rendais compte que je m'ancrais cette fois sur la presqu'île, que j'y construisais un bateau comme dans un chantier naval.

Marion avait des journées très occupées. Elle déposait Louise le matin chez l'assistante maternelle et la récupérait pour le déjeuner et la sieste. Elle devait mener de front sa thèse, son roman sur l'école de Skagen et le chantier de la maison, le vrai miroir de notre vie commune.

Je ne vis pas passer l'hiver, accaparé par les journées en mer et les soirs où j'étudiais dans ma cabine les techniques de peinture.

En mars, le *Jaguar* accomplit une navigation en baie du Mont-Saint-Michel et fit du rase-cailloux dans l'archipel de Chausey. J'étais à la passerelle depuis 5 heures du matin. Il y avait de la brume. Navigation difficile bien que les autres conditions se révélaient plutôt bonnes : peu de vent de sud / sud-ouest force 3, mer calme. Quand les premières lumières du jour apparurent, nous fûmes saisis avec l'équipage par l'apparition surnaturelle des rochers qui entouraient Chausey. L'un ressemblait à un éléphant, un autre à un aspic, un troisième à un cheval. Nous avions l'impression de pénétrer un royaume ultra-marin, une Atlantide en mer de Manche. Nous ne pouvions approcher de trop près, car le tirant d'eau était insuffisant. Je multipliai les exercices avec les élèves pour avoir le temps de faire des croquis et surtout retenir cette atmosphère d'estompe si naturelle qui faisait songer à un paysage asiatique. J'étais dans la baie d'Along.

Au printemps, alors que jamais elle n'avait été aussi occupée, Marion s'inscrivit au club de plongée de Quiberon, le plus ancien de la presqu'île. Après l'hiver, elle avait peut-être la nostalgie de la Martinique, de l'eau chaude de la Caraïbe.

À Pâques, le chantier de la maison était loin d'être terminé. Le temps des vacances de l'École navale, le *Jaguar* fut mis en cale sèche pour une période d'entretien intermédiaire et une rénovation de sa propulsion. Nous profitâmes de cet arrêt technique pour partir enfin au Vietnam : notre voyage de noces avait pris du retard. Nous laissâmes Louise à ses grands-parents maternels et paternels.

Un vol de la Thai Airways nous débarqua juste avant l'aube à l'aéroport de Bangkok. Des gouttes d'humidité perlaient sur les vitres et le Plexiglas du terminal. J'avais commencé à m'endormir une heure avant l'atterrissage de l'avion. Physiquement, je ressemblais à ma couverture laissée en vrac dans le Boeing 747. À la descente de la passerelle, Marion avait encore les yeux cousus par le sommeil. Je la tenais par la main. Et dans la navette qui nous conduisait du tarmac à l'aérogare – long parcours à angles droits – elle continua de dormir sur mon épaule. Ce ne fut qu'après un café bu dans la galerie marchande qu'elle ouvrit les yeux. Et à ce moment, elle ne fut que joie, légèreté, émerveillement. Elle semblait avoir pris une douche imaginaire. Je crus qu'elle allait visiter tous les magasins *duty free* de la galerie, cette nef plate de cathédrale. Elle essaya des lunettes de soleil, des dizaines d'écharpes autour de son beau cou d'Asiatique, acheta des jouets pour Louise. Nous prîmes deux heures plus tard une correspondance pour Hanoi. Je n'oublierai jamais cette aérogare coloniale ocre et rectangulaire. Il y avait encore sur les pistes des avions à hélices – certains anciens, d'autres modernes.

Une guide nous attendait avec une pancarte et nos noms. Elle s'appelait Ha. Elle portait un áo dài blanc.

— Tu as vu cette grâce, me dit Marion alors que nous nous dirigions à l'extérieur vers une Toyota Camry.

Dans un voile de brume, nous roulâmes vers le centre d'Hanoi. Les voitures étaient rares, quelques motos de petite cylindrée mais surtout des vélos – le tintement des sonnettes, une guirlande de sonnettes. Sur les côtés, des femmes dans les champs, au milieu de grandes herbes vertes, chapeau conique et serpe à la main. Puis il y eut les faubourgs, des maisons carrées à toit plat que l'on aurait dites africaines, en pierre ou pisé, mais non, elles étaient bien en ciment. Il fallut pour atteindre l'hôtel emprunter un labyrinthe de rues populaires avant de gagner les avenues du centre et l'opéra.

Nous restâmes deux jours à Hanoi. Marion se montrait

enthousiaste, volubile, pleine d'allant. Elle voulait tout voir, tout comprendre, tout arpenter, marcher autour des grands et petits lacs, s'asseoir sur les marches des temples du musée de la Littérature. Elle avait pris la manœuvre et décidait avec Ha du programme de la journée. Puis nous partîmes pour la baie d'Along.

Le voyage en voiture jusqu'à Haiphong fut marqué par l'accident de deux cyclistes : un camion à la carrosserie de bouledogue les avait happés. Nous vîmes les corps étalés sur une natte, des bâtons d'encens disposés en triangle allumés à côté d'eux.

— C'est pour que leur esprit monte plus rapidement au ciel, nous dit Ha.

Nous avions loué une jonque avec un équipage et appareillé d'un ponton près de Hon Gai. La baie commençait à s'ouvrir aux touristes mais restait une zone sensible et stratégique. Nous dûmes remplir encore des formulaires administratifs et policiers jusqu'à la fin de la matinée. L'équipage était très jeune. J'expliquai au capitaine qui avait mon âge mon métier de commandant en France, sans lui préciser : militaire. Les huit marins et le cuisinier observaient, intrigués, nos gestes et nos mouvements. Nous étions des Pháps, des Blancs au grand nez, parmi les premiers Français à embarquer sur cette jonque. Après avoir passé le rocher du Coq et celui du Pouce, qui me rappelaient ceux de Chausey, nous fîmes une première escale pour visiter la grotte des Merveilles. Au fond, Marion et moi on s'en foutait de ces grottes, énormes cavités aux stalactites et stalagmites géantes.

Nous étions deux touristes projetés dans ce paysage sidérant qui, selon la légende, avait été créé par la queue d'un dragon. Nous n'avions aucune envie d'excursion, attirés seulement par la fluidité de la baie, ce vert que nous n'avions jamais vu et dans lequel nous ne nous étions jamais baigné. Nous voulions nous enfoncer dans Along.

Juste après avoir quitté le continent, Marion n'eut de cesse de faire mouiller la jonque pour plonger et nager. L'équipage la regardait à la fois gêné, parce qu'elle était en maillot de bain, et fasciné par sa familiarité avec l'eau. Je la revois s'éloigner du bord sur le dos, faire le tour du bateau, s'agripper à la chaîne d'ancre.

— C'est de la soie, me dit-elle.

— Je te rejoins, lui dis-je. « Bao Ngoc », criai-je en me souvenant du prénom vietnamien de Marion.

Je plongeai à mon tour, elle s'était éloignée du bateau à vive vitesse et quand elle s'aperçut que j'étais dans l'eau fit demi-tour.

— Suis moi, dit-elle.

Dans les tours et détours d'Along, je découvris son nouveau royaume. Elle l'avait déjà apprivoisé.

Ha nous proposa de faire mouiller la jonque pour la nuit à l'entrée du village flottant de Cua Van. Nous y arrivâmes tandis que le cuisinier au visage plus malais que vietnamien, le front ceint de son krama, hachait du piment dans un coin de la salle où nous prenions nos repas.

Dans notre cabine, nous avions des lits jumeaux. Je fis cette première nuit des rêves sur ma peinture, mon travail inachevé. J'étais un raté. La vie avait passé. J'avais manqué mon absolu. Je me réveillai à l'aube. En ouvrant les yeux, je découvris que Marion n'était pas dans son lit. Je sortis sur le pont en caleçon : elle était dans l'eau au milieu de deux petits bateaux pareils à des paniers en osier calfatés de goudron au bord desquels se trouvaient deux enfants, un garçon et une fille, qui ramaient avec leurs pieds. Marion me fit un grand geste de son bras :

— Je suis là, mon chéri.

Elle ne m'appelait jamais « mon chéri ». Je lui répondis d'une main fatiguée et rentrai dans la cabine. J'avais eu très peur. D'un coup, ma bouche était devenue sèche. Dans la même accélération, j'avais cru perdre la peinture et Marion.

Au mouillage, entre le rocher du Crapaud et la roche de Jade. Cua Van était l'un des villages flottants de la baie d'Along. Des maisons de bois posées sur des caissons de polystyrène, lestées d'une ancre pour ne pas dériver au premier coup de vent. Nous passâmes la matinée à naviguer d'une maison à une autre à l'aide des deux barques qui entouraient Marion lors de son premier bain. Marion et Ha étaient dans l'une, moi dans l'autre, celle manœuvrée par une petite fille de huit ans, Ly.

Ha nous emmena voir le doyen du village. Il s'appelait Nguyen Van Nuoi et avait quatre-vingt-treize ans. Il nous raconta le typhon qui avait dévasté le village dans les années 60. Il voyait encore les éclairs, les vagues. Les habitants s'étaient refugiés dans les grottes des montagnes. Il y avait eu des morts. On avait l'impression que toute sa vie s'était construite autour de ce typhon et que sa sagesse s'opposait à la furie du dragon.

Nous étions évidemment l'attraction. Chaque famille nous faisait signe de venir boire le thé. Grands-parents, parents, enfants vivaient sous un auvent et partageaient la même natte pour les repas.

— Regarde comment ils marchent. On dirait qu'ils courent sur les flots pour ne pas faire couler leur maison, me dit Marion.

Ils ressemblaient à des funambules ou à des danseurs sautant d'une maison à l'autre. Ils n'étaient pas habitués à la terre ferme. Je demandai à ma petite batelière de m'emmener sur l'eau, au milieu du village. Je voulais prendre un peu de recul, faire quelques croquis. J'avais choisi pour modèle – même si elle ne posait pas – une jeune femme qui portait un pantalon de mousseline et un chemisier orange. Elle passait d'une maison à l'autre comme si elle sautait en longueur. Le plus difficile fut d'attraper son mouvement quand elle lançait le filet à poissons, qui semblait de loin léger comme du tulle. Et surtout le filet dans l'air ressemblait à une danseuse, à une apsara, avec des mouvements aériens. Qu'allais-je faire de tous ces croquis ? Je repensais aux tableaux vus à la préfecture maritime de Brest. La baie d'Along était un exercice obligé de tout peintre de la Marine, la campagne de l'exotisme. J'avais eu beau la voir sur ces toiles, je ressentais une émotion nouvelle. Comme à Bora Bora, l'impression d'une naissance au monde. L'eau, le minéral, la transparence et des amas de couleurs vert et gris.

Et Marion, cette eau, c'était la sienne, celle qui avait bercé la civilisation de ses grands-parents et arrière-grands-parents maternels. Les Vietnamiens la regardaient comme une blanche, une Pháp, mais je sentais parfois leur trouble. À certaines de ses expressions ou quand elle riait. Il n'était pas nécessaire qu'elle coiffât un chapeau conique pour se convaincre que du sang asiatique coulait dans ses veines. On avait l'impression que les jeunes femmes du village voulaient en faire leur sœur. Elles admiraient son élégance, ses vêtements, ses bijoux. Un trait d'union s'imposait d'emblée : la féminité était la seule vraie unité sur terre. Elles lui demandaient si elle avait un enfant, puis l'âge de Louise.

Marion ne pouvait retenir ses larmes après avoir vu des enfants de pêcheurs pauvres, la morve au nez. Elle se mettait à pleurer une fois que nous avions regagné notre petit bateau calfaté, cette coquille de bambou. J'étais marin et je me laissais conduire par une petite fille de huit ans, virtuose quand il s'agissait de ramer ou de godiller.

Un matin, nous levâmes l'ancre de la jonque pour aller vers une grotte qui venait d'être découverte par les Vietnamiens. Ha nous avait dit que c'était l'un des plus beaux secrets de la baie. Elle était située à moins de deux mille du village de Cua Van. Un peu à l'écart, dans le renfoncement d'une montagne qui ressemblait au creux d'un bras. L'entrée de la grotte avait été longtemps protégée par une abondante végétation et avait servi de refuge à des aviateurs américains pendant la guerre. La jonque mouilla l'ancre et nous embarquâmes, Marion, Ha, un marin et moi sur l'annexe, une barque en bois.

Nous passâmes sous une arche de pierre, long tunnel d'où tombaient des stalactites. À l'arrière, le Vietnamien godillait. Des pics de calcaires hérissaient la voûte et gouttaient dans l'eau d'un noir moiré. À quatre cents mètres, on apercevait un arc de lumière. Il marquait l'accès à la grotte à ciel ouvert.

Jamais je n'avais vu une telle composition géologique. C'était une piscine circulaire, une sorte de cratère sur les parois duquel dégringolait une végétation touffue, miraculée, épargnée par les hommes et d'où fusaient de toutes parts des chants d'oiseaux. L'eau concentrait le silence. Monde intact. Nous n'osions parler à voix haute. Et comme si ce sacré, cette grâce l'enivraient, Marion se leva, enleva sa robe sous laquelle elle portait son maillot de bain, sa seconde peau, et se jeta à l'eau. Je fis de même, sous les éclats de rire de Ha et du matelot vietnamien. Mais Marion était déjà loin, partie à une autre extrémité reprendre possession d'un domaine qui lui appartenait et dont elle avait été éloignée après un long voyage. Elle ne revint vers la barque que lorsqu'elle eut vraiment cerné son territoire. Et là elle accepta comme la concession d'une mère envers son enfant de nager avec moi. Nous fîmes encore un long tour en barque autour de cette vaste piscine naturelle avant de nous décider à repartir.

Une fois l'embarcation engagée sous l'arche, je saisis le problème. La marée montait à grande vitesse : nous risquions d'être coincés. Faire demi-tour, j'y songeais, mais l'arche était étroite pour effectuer une manœuvre rapide. Déjà, le matelot vietnamien était obligé de baisser la tête pour godiller car il touchait la voûte calcaire.

— Tu peux faire quelque chose, me demanda Marion – nous sentions une panique gagner notre marin.

Il était meilleur godilleur que moi. Nous pouvions bien nous jeter à l'eau et nager jusqu'à l'extrémité de l'arche mais nos deux compagnons vietnamiens ne savaient pas nager. Ha essayait de diriger le matelot dans la pénombre.

— C'est de ma faute, me dit Marion, je me suis baignée trop longtemps.

La tension commençait à crisper les traits de chacun. Marion était en maillot de bain. Elle se laissa tomber sur le côté discrètement, presque comme pour s'excuser. Elle se plaça à l'avant de la barque, la tira par le bout pour qu'elle avance plus vite. À sa suite, je me mis à l'eau pour l'alléger et venir en aide à Marion dont la force musculaire me sidérait. On parvint même à rire de la situation. Quand nous atteignîmes la lumière, Ha et le marin étaient presque couchés sur le bateau tant la marée avait monté rapidement.

— La grotte, nous dit Ha, une fois regagnée la jonque, porte le nom de la grotte du clair-obscur. Mais le grand passage, celui d'arche du diable. Je comprends pourquoi.

Il n'y eut aucune dispute entre nous sur cette mésaventure. Personne n'était responsable. Ni Ha ni le marin vietnamien qui, à plusieurs reprises, nous avait alertés tandis que nous nous baignions et que la marée montait. Nous n'en avions fait qu'à nos têtes. Comme si mourir nous rendait joyeux dans cette beauté naturelle. Il n'empêche que lorsque la jonque fut de nouveau ancrée devant Cua Van, Ha alla se prosterner devant Ha Ba, le roi de la Mer, et lui apporta des offrandes. Sa statue se trouvait sous un petit pagodon, à flanc de rocher, auquel on accédait par un escalier de pierre.

Nous passâmes ensuite une journée à Hué, l'ancienne capitale impériale, avant de rejoindre par avion Saigon. Des tantes et des cousines de Marion avaient été prévenues de notre arrivée, mais nous avions préféré descendre à l'hôtel. Nous avions choisi le Continental. Pour Marion, c'était une évidence : elle avait toujours entendu parler du Continental. C'était un hôtel d'État qui avait abrité tous les correspondants de presse pendant la guerre du Vietnam. Je le découvris en lisant un article d'un journal français encadré et accroché à l'un des piliers du hall. Quand je le montrai à Marion, elle me raconta l'histoire de l'hôtel comme si elle en avait été le témoin privilégié. Elle ne m'en avait jamais parlé auparavant.

Se repérer dans Saigon ne lui posait aucune difficulté. Elle avait une connaissance intuitive de la ville, du moins, du centre, le district n° 1. Originaire de Hanoi, Ha connaissait peu Saigon qu'elle appelait Hô Chi Minh et qu'elle méprisait. Communiste orthodoxe, elle considérait la capitale du Sud-Vietnam comme une fille dépravée. Ha nous accompagnait partout sauf quand nous allions dîner chez un membre de la famille de Marion.

Nous rencontrâmes des petites cousines, des tantes mais surtout un grand-oncle fabuleux, le frère de sa grand-mère, Tchack. Il accueillit Marion comme s'il l'avait toujours connue : elle était la petite sœur et une famille ne pouvait être, au-delà des apparences de l'Histoire, des mers, des océans, séparée. Les esprits eux avaient toujours été réunis.

Il habitait le district n° 3. Pendant notre semaine à Saigon, Marion alla le voir chaque jour. Elle prenait des cours de culture vietnamienne, assemblait l'histoire de sa famille, la part dérobée de son passé.

Oncle Tchack vivait avec sa seconde épouse Huong et leur fille Tuc, qui avait mon âge, la cadette, disait Tchack, dans une maison en forme de L. Il était le plus jeune frère de la grand-mère de Marion. Il fumait des Craven A, s'habillait d'un pantalon blanc et d'une chemise beige. Sa grande taille, ses lunettes épaisses et rectangulaires le faisaient ressembler à un arbre à l'ombre duquel les âmes agitées venaient se reposer. Ancien cadre du Parti, il avait combattu la France puis avait été chargé à Radio Saigon d'écouter les ondes étrangères. Il parlait un français impeccable comme tout Vietnamien éduqué de sa génération. Il avait appris par cœur le plan du métro parisien en lisant l'œuvre de Simenon.

Tchack passait ses journées dans son bureau-bibliothèque situé dans l'aile droite de la maison, face au jardin. Jour et nuit, la pièce était éclairée. « L'esprit doit rester allumé », nous avait-il dit le soir de notre première rencontre autour de bières fraîches. Marion prenait des notes sur la généalogie de sa famille maternelle, demandait à Tchack d'écrire des mots en vietnamien dans son carnet. Quand nous rentrions à l'hôtel, elle retranscrivait tous les propos qu'il avait tenus dans un grand cahier acheté dans le quartier des guildes à Hanoi. Ce journal était destiné à Outre-Mère. Je n'avais jamais vu Marion écrire avec autant de facilité. Elle s'attablait au bureau de la chambre du Continental, mais l'endroit qu'elle préférait était la terrasse, à l'arrière de l'hôtel, où nous prenions le petit déjeuner, au milieu des fleurs de jasmin et sous les magnolias. Elle n'était pas en repos. Je devais parfois lui rappeler que nous étions en voyage de noces afin qu'elle renouât avec l'insouciance, sa signature.

Le voyage de Marion, de Bao Ngoc, devrais-je dire, au Vietnam n'était pas celui de nos noces mais de ses fiançailles avec le Vietnam. Tantôt, au réveil, je la découvrais les yeux grands ouverts, tournée vers un monde supérieur, là-haut, où moi, mortel, n'avais pas accès. Tantôt, elle était de côté, le visage vers la porte-fenêtre qui donnait sur l'opéra, en train de lire. C'était la première fois qu'elle n'avait pas avec elle un livre de grec ou de latin. Elle avait emporté deux romans : *L'homme sans qualités* et *Madame Bovary*. Elle ne s'intéressait qu'aux romans puissants et classiques qui faisaient autorité. Le roman contemporain la laissait indifférente même si elle lisait des philosophes récents. Moi je ne lisais plus que des catalogues de peinture ou de la poésie. Les romans d'aventures qui avaient fait mon éducation désormais m'indifféraient.

Ce voyage était, me semble-t-il, un moment heureux et de découverte pour Marion. Je me trompais. Un matin, sur la terrasse, elle dressa un constat qui me glaça :

— Depuis que nous sommes à Saigon, j'ai souvent l'impression de mourir, que le côté droit de mon corps perd tout son sang tandis que le gauche en accueille un autre. Je me sens plus proche de cette Normande d'Emma que d'une Viet Kieu.

Elle parla avec un certain détachement, sur un ton analytique mais ne put retenir quelques larmes.

— Te rends-tu compte, tous ces gens dans la rue qui veulent me toucher parce qu'ils sentent que je suis des leurs ? Ils me répugnent tant ils sont sales. Et c'est mon peuple.

Je garde en mémoire une scène à un croisement de rues, près du Continental. Une fin d'après-midi, nous rentrions à l'hôtel avec Ha. Un Viet était assis sur le trottoir avec ses rustines, sa lampe à pétrole et sa pompe à air, prêt à réparer les pneus crevés des motos. À ses côtés, une petite fille, qui avait déjà des gestes de mère, s'occupait d'un bébé de dix-huit mois. Marion les avait abordés. Elle ne s'apitoya pas. La petite nous expliqua – Ha traduisait ses paroles – que sa mère se trouvait à My Tho, au bas du delta du Mékong, pour s'occuper de sa propre mère malade. Accroupi dans sa tristesse, le père fumait des cigarettes, hochait la tête, déléguait ses pouvoirs à sa fille.

J'ai souvent repensé à cet épisode. Je me souviens aussi que Marion portait, au Vietnam, autour de ses cheveux, un foulard qui lui donnait un peu plus l'allure d'une princesse des hauts plateaux. Et chaque matin, elle allait se baigner à la piscine du Rex, l'hôtel en face du Continental dont le seul inconvénient était de ne pas disposer de piscine. Mais pour Marion, Saigon c'était le Continental. Point de vue indiscutable.

À notre retour en Bretagne, dans notre presqu'île, nous vécûmes plusieurs jours en lévitation, allongés sur le lit de jeune fille de Marion, main dans la main, comme deux gisants. Les yeux au plafond, nos corps semblaient s'élever dans l'apesanteur. Parfois, Marion se levait brusquement parce que Louise, notre fille, pleurait. Elle accomplissait ses gestes maternels mécaniquement, avec culpabilité. Je sentais bien qu'elle était ailleurs. Dans la région opiacée du col des nuages. Il m'arrivait de l'appeler Bao Ngoc, le plus souvent pour me moquer d'elle.

Je repris la mer, bien obligé de suivre un cap malgré le décalage horaire. Physiquement, je retrouvais mon espace. Tout à coup, la mer d'Iroise me sembla plus vaste, plus verte, plus asiatique, comme si elle communiquait avec la baie d'Along. Je sortais du cadre. Celui de la passerelle se trouvait désormais, à mes yeux, sur l'aileron, à l'extérieur. Cela entraînait une variation de notre route de plusieurs degrés. Dans le même temps, la passerelle n'était plus aussi cuirassée, me semblait devenir plus souple : la mer lui avait donné un peu de sa plasticité. Plus rien n'était dur. Les arêtes des angles, les pointes avaient perdu de leur coupant, fondu. Ces sensations visuelles s'accompagnaient d'impressions tactiles. Je croyais saisir la mer dans ma paume, l'envelopper comme je ne l'avais jamais fait, la caresser dans sa couche. Elle était présente.

Le décor de la passerelle, le matériel qui l'animait se liquéfiaient, se répandaient dans les flots. Mon propre corps prisonnier de son enveloppe à bord de cette coque grise semblait à son tour s'échapper et glisser dans la mer. Je n'avais plus qu'à saisir et transformer cette matière. Je ne supportais plus le gris. Le gris du bateau, le gris de l'armée.

La grisaille. Nos bateaux gris, disons-nous dans la Marine, par opposition aux blancs, non armés, à voile ou voués à l'exploration des fonds marins et à l'hydrographie.

À Brest, j'étouffais dans l'appartement devenu soudain trop étroit. La maison de Saint-Julien n'était pas encore prête. Cela me semblait un autre bout du monde. Nous n'y parviendrions jamais. Marion se montrait plus pragmatique. Le voyage au Vietnam avait renforcé son côté agissant éclos au moment de l'achat de la maison. Elle avançait pourtant sans bruit, le matin : sa douche, son thé, un cercle plus ou moins large consacré à elle, à son travail une fois que j'étais à bord du *Jaguar* et Louise chez l'assistante maternelle ; la piscine toujours, son roman sur l'école de Skagen et sa thèse. En Bretagne, elle continua à tenir le journal qu'elle avait ouvert au Vietnam. C'était un grand cahier noir relié par un fil mauve. Son nouveau cadre, l'ancre autour de laquelle elle tournait. Elle pensait déjà à notre prochain voyage là-bas.

Le printemps avait du mal à s'installer en Bretagne, cette année-là, et la chaleur moite de l'Asie nous manqua très rapidement. Les jours de pluie et de vent se succédaient. Les lumières semblaient emportées, dévastées même si elles étaient chaque jour présentes. Et je connus à bord du *Jaguar* l'une de mes plus sérieuses épreuves de navigation.

Nous revenions d'une corvette avec les élèves de l'École navale qui nous avait menés jusqu'en face de Santander en Espagne. Nous nous trouvions dans le golfe de Gascogne, les parages du plateau de Rochebonne, au large des îles de Ré et d'Oléron. Temps de branle. Le vent soufflait force 6 et la houle profonde comme souvent dans le Sud-Ouest atteignait des creux de quatre mètres. Je n'étais pas mécontent que les élèves affrontent cette mauvaise météorologie. Elle les plaçait dans des conditions de navigation déstabilisantes. On voyait ainsi les qualités d'un bon marin. Les vertus de sang-froid, de maîtrise du corps et de l'âme.

Mes officiers mariniers, surtout les plus âgés qui en avaient vu d'autres, les encadraient dans le calme et leur transmettaient leur savoir sans cri, avec générosité, bonté, loin de la caricature militaire. Élève, j'avais connu des gros coups de vent à bord des bâtiments-écoles, de la *Jeanne*. Mais cette fois, je montais en première ligne. J'étais le commandant. Nous devions regagner Brest, notre foyer. À tout moment, je pouvais me mettre à l'abri à La Rochelle ou à la cape dans une des nombreuses baies de la façade atlantique.

Nous avions la dépression dans le dos. Les vents atteignaient 50/60 km/h, ce qui n'était pas considérable. Mais je ne comprenais pas la chute vertigineuse du baromètre, peu en rapport avec la faible intensité du coup de vent. Il y avait là quelque chose de mystérieux. La météo se dégrada en fin de matinée. Le vent se mit à souffler force 9/10. La houle grossissait, accentuée par les grandes marées. C'est mon second, qui après avoir pris la météo, me dit :

— Commandant, il y a une seconde dépression, derrière la première.

Je n'étais pas inquiet et allai déjeuner à mon carré. Mon repas fut interrompu par le chef de quart :

— Commandant, message du Cross Étel. Un chalutier

en avarie de gouvernail à neuf nautiques dans le nord-ouest de l'île d'Yeu. Il nous demande de nous dérouter.

Je montai à la passerelle et ordonnai le changement de route. Pour les élèves, les bâtiments de la ménagerie avaient la réputation de rouler dans le mauvais temps. C'était un lieu commun erroné. Ils avaient des coques de chalutier, mais je trouvais le comportement à la mer du *Jaguar* remarquable : courageux, supportant la lame sans difficulté. Nous étions branchés sur le canal 16. J'entrai en liaison radio avec la cellule Opérations du préfet maritime de Brest, la SNSM de l'île d'Yeu. Un hélicoptère de la Marine nationale était en alerte, prêt à décoller. Et le remorqueur de haute mer, le *Centaure* qui naviguait au large de Lorient, se déroutait.

Le *Jaguar* enfournait. Des paquets d'eau venaient exploser contre les vitres de la passerelle. Il ne fallait pas trop le fatiguer. Un chalutier était en perdition. Je n'avais pas le choix : j'ordonnai d'augmenter la vitesse au maximum. Je me sentais redevenir marin. L'action me portait comme les vagues qui surélevaient le bateau.

À la passerelle d'instruction, je mis en place une cellule Opérations et demandai au bosco d'armer notre Zodiac. Il était impossible de sortir sur les ailerons de passerelle au risque de se faire emporter par une lame. Le vent semblait comprimer le bateau et forcer les portes de la passerelle. Plusieurs élèves étaient malades. Je demandai à l'infirmier de s'occuper des deux les plus gravement atteints. Un de mes quartiers-maîtres s'était cogné contre la cloison d'une coursive au moment d'un coup de roulis, blessure qui avait nécessité deux points de suture. Soudain, alors qu'une nouvelle vague nous portait vers le ciel, je vis les feux de la rampe arrière du *Grand Chelem*. Deux yeux lumineux, rougeoyants, comme injectés de sang, d'ivrogne titubant. Et plus nous approchions, plus les vents devenaient féroces, atteignant maintenant force 11. Je fis venir à mes côtés le maître principal Visniak, l'un des instructeurs de l'école pour lequel j'avais de l'admiration. Je le considérais comme l'autorité de navigation à bord du *Jaguar*.

— C'est mauvais, me dit-il, avec cette douceur et un sourire à la commissure des lèvres dont il ne se départait jamais.

Il devait prendre en juin suivant le commandement d'un de nos bateaux d'instruction à la navigation, *La Vigilante,* jusqu'à son désarmement.

J'avais toujours scrupule à m'asseoir dans mon fauteuil de commandant quand lui restait debout et qu'il aurait pu être mon père. Mais cette fois, je m'y accrochais, essayant de ne pas lâcher de vue les feux de la rampe arrière du *Grand Chelem*. Mon regard était fasciné par les paquets d'eau qui venaient s'écraser contre les vitres de la passerelle. J'avais la sensation qu'elles étaient en train de fondre. Elles ressemblaient à des feuilles de plastique qui, sous l'action du feu, se gondolent, se boursouflent et finissent en une petite boule malingre. Incandescence de la mer. Point jaune orangé du feu bâbord de la rampe arrière du *Grand Chelem* qui ressemblait à un soleil en train de mourir.

Le *Grand Chelem* n'était plus manœuvrant. Les courants de flot l'entraînaient vers les récifs des Chiens Perrins dont on apercevait déjà le feu de balise. C'était cela notre défi, s'interposer entre lui et ces hauts-fonds qui déchireraient sa coque. Si le *Grand Chelem* se retrouvait à la latitude 46° 43' 60" Nord et à la longitude 2° 25' 0" c'était fichu. Je demandai à l'un des veilleurs en passerelle de ne pas quitter les hauts-fonds de vue. Il s'avérait presque impossible de faire une veille à la jumelle tant le bateau était secoué. Nous l'entendions vibrer, tressaillir. Je savais que je ne pourrais que m'appuyer sur les marins les plus expérimentés. Mais je voulais que les élèves fussent là, que nous restions ensemble.

J'étais en liaison radio avec le patron du *Grand Chelem,* déjà soulagé de notre arrivée sur zone, mais connaissant le destin immédiat de son bateau et de ses hommes d'équipage. La base de Lanvéoc m'informait que les conditions météorologiques empêchaient tout vol hélico. Le Cross Étel, inquiet de la dégradation de la météo, me demandait une évaluation de la situation et refusait de faire appareiller la vedette de la SNSM.

J'entrai en contact avec le commandant du remorqueur *Centaure*, le lieutenant de vaisseau Vigne, que j'avais connu élève lorsqu'il commandait la goélette *Étoile*. Mais il se trouvait encore loin.

Elle était là, la mer, dans sa fureur, sa vérité. Il ne s'agissait plus d'être marin de salon ou peintre de la Marine. Il fallait affronter humblement ce déchaînement. Passer sous la vague en quelque sorte. Il n'y avait plus le vent, la mer, mais des vents qui semblaient venir de toutes les directions, se heurter pour former un ouragan, et un océan qui cisaillait de tous les côtés, en rage que nous soyons sortis sur son territoire, bien décidé à nous le faire payer.

Le *Jaguar* n'était pas un remorqueur de haute mer. Mon bosco, une femme de vingt-sept ans, n'avait peur de rien, mais pouvais-je la placer en première ligne dans cette opération de sauvetage ? Elle avait fait armer le fusil lance-amarre. Ma première mission était de ramener mes élèves et marins à bon port. Je n'y pensais même pas tant j'étais concentré sur l'arrière du *Grand Chelem*.

— Commandant, me souffla le maître principal Visniak, si nous le prenons en remorque, c'est nous qui risquons d'aller nous échouer. Peut-être vaudrait-il mieux sauver l'équipage.

— Vous avez raison, lui dis-je, mais nous ne pourrons jamais transférer les sept hommes à bord.

Nous devions être une dizaine en passerelle de navigation. Chacun essayait de rester debout, de ne pas tomber à cause du tangage et du roulis. Comme moi, ils avaient les yeux fixés à la fois sur les instruments de navigation et le *Grand Chelem*. J'avais l'impression qu'ils découvraient l'enfer de leur vocation, la face sombre des océans, notre dévastation. Plus nous approchions du *Grand Chelem*, plus le *Jaguar* semblait gémir dans ses flancs. La mer s'engouffrait en lui. Il repoussait cette intrusion contre nature qu'il savait fatale. Une tempête réveille toujours la mémoire vive d'un navire. Toute la douleur endurée à la mer éclate d'un coup dans ses entrailles. Nous étions à bord de la nef des fous, livrés à la divagation, enchaînés à l'infini.

J'ordonnai d'enfiler nos brassières de sauvetage. Nous devions porter secours aux naufragés. Ce que les hommes sur terre ne faisaient pas, nous, les marins qui avions tourné le dos à la terre, tentions de l'accomplir. La question du déchirement ne se posait pas.

Sur la radio, le capitaine du chalutier m'annonçait que ses hommes avaient capelé leur combinaison de survie.

Nous passâmes une première fois sur son bâbord. L'avant du *Grand Chelem* enfournait profondément et semblait vaporisé par les vagues. Impossible qu'un marin réceptionne une amarre sur l'avant. Je décidai aussitôt d'essayer de lancer un bout au *Grand Chelem* sur son arrière et de l'accrocher ainsi sous le vent.

Je demandai à un premier maître, auquel je fis attacher une ligne de vie, de se préparer à l'arrière pour envoyer au lance-amarre une touline. Un matelot se tiendrait sous l'abri avec un talkie-walkie. Nous ne devions pas perdre de temps. Les paquets de mer de plus en plus abondants recouvraient le *Jaguar*. Je fis diminuer la vitesse à trois nœuds qui serait la vitesse de croisement avec le *Grand Chelem*.

Je ne perdais pas de vue le *Grand Chelem* tout en regardant la mascotte du bateau, un jaguar en peluche coiffé d'un bonnet de Père Noël. Je revêtis ma veste de mer.

— Je vais sortir sur l'aileron, dis-je au premier maître Visniak, et je vous donnerai les ordres de barre pour le lancement de l'amarre.

Il se tenait dans l'embrasure comme le Christ sur la croix. Au premier passage, une déferlante balaya la plage arrière du *Jaguar*. Je vis les hommes dépêchés pour lancer l'amarre courir et tenter de rejoindre la porte de la coursive, rattrapés par les paquets d'eau bouillonnante. Ils disparurent. Quelques secondes, je les perdis de vue. Je vis enfin leur capuche émerger, ils sortaient d'une piscine. J'entrai dans l'abri de navigation et me précipitai sur le talkie-walkie :

— Plage arrière de passerelle…

Dans le même temps, je hurlai à Visniak :

— On refait un passage.

Le matelot me rassura sur l'état des marins à l'arrière.

— On y retourne, dis-je.

Le *Grand Chelem* continuait à avancer vers les hauts-fonds des Chiens Perrins. Il hoquetait, bondissait, avalé puis recraché par l'océan déchaîné. Le feu jaune et noir devant la pointe du But se dressait comme la main de Dieu. Je ressortis sur l'aileron en disant à Visniak que je lui donnerais le top pour qu'il transmette l'ordre de lancer l'amarre. À la seconde tentative, je vis le premier maître courir avec le fusil lance-amarre et le marin du *Grand Chelem* s'avancer comme s'il allait être projeté par-dessus bord. Après une hésitation pour s'emparer de la touline, il y parvint : la remorque était saisie.

Maintenant nous étions liés dans notre destinée. Avec pour perspective les hauts-fonds des Chiens Perrins. Je fis allonger la remorque et abattai progressivement sur tribord. Ainsi le *Jaguar* était debout à la mer et au courant pour arrêter la dérive du *Grand Chelem*. Je mis en avant lente pour ne pas fatiguer notre bateau et éviter une rupture de remorque. Car les vagues, comme des chiens désespérés de lâcher leur proie, s'acharnaient sur le ventre du chalutier qui bondissait de douleur. J'étalai la dérive du *Grand Chelem*. Maintenant il nous fallait tenir. J'avais l'impression que mon bateau était martelé de toutes parts, bosselé sous les coups de butoir des vagues. Ce fut peut-être le moment le plus épuisant. L'attente et cette avancée imperceptible de deux corps enchaînés. Je multipliai les rondes d'étanchéité, redoutant une voie d'eau qui, dans de telles circonstances, ne nous laisserait aucune chance. Enfin, après plus d'une heure dans cet état de tension et de fébrilité, je vis à travers les rideaux de pluie émerger le fier château pareil à un torse musclé du *Centaure*. Nous étions sauvés du chaos.

Quand je retrouvai la vie familiale, il me fut impossible de peindre pendant plusieurs semaines, de renouer un fil brisé. Je trouvais cela vain et mon travail ridicule. Je ne mettais aucune intensité dans mes peintures. Il n'y a rien de pire que celui qui se prend pour un artiste. Après tout, étais-je dans un jeu de rôle ? Ç'aurait été alors une catastrophe. Je ressentais de la culpabilité. La peinture coûtait cher. J'y passais une partie de ma solde. Les tubes, les toiles représentaient un budget pour lequel je n'avais pas les moyens financiers. Je rêvais la peinture et me vautrais dans une affaire de sous. Avais-je le droit maintenant que j'étais père de famille, que nous venions d'acheter une maison, d'emmener mon petit monde à la ruine ?

J'étais vidé comme après une longue séance de peinture. Dans ces moments-là, je m'allongeais sur le lit les yeux au plafond. Je craignais de voir Marion entrer dans mon atelier, ce qu'elle ne faisait jamais sauf pour une affaire urgente. Me placer dans une position de faiblesse, de bête couchée sur le flanc.

Lorsque je lui avais raconté la tempête, j'avais ressenti une impression d'irréalité comme toujours de sa part quand un sujet ne la concernait pas. C'était une représentation. Elle semblait incapable de partager de trop violentes émotions. Elle ne pouvait imaginer un instant que le bateau aurait pu faire naufrage, et nous périr. À ses yeux, j'avais traversé cette épreuve sans que d'aucune façon ma vie ne fût en péril. J'étais à ses côtés et à ceux de notre fille, Louise. Je ne pouvais faire défection.

Que savait-elle de mon univers de marin ? Elle ne venait jamais à bord du *Jaguar*. La seule fois où elle était montée, c'était pendant ma prise de commandement. Sa taille, sa beauté avaient impressionné le contre-amiral qui m'avait fait reconnaître par l'équipage. Maintenant elle était trop occupée pour venir me chercher à l'arsenal, m'accueillir sur le quai avec son beau sourire. Notre fille, sa thèse, notre maison, le Vietnam sur lequel elle s'était mise à lire, la plongée en apnée.

C'en était fini de notre vie légère et chaude des Antilles. Les chantiers s'accumulaient. Je ne voyais plus que le spectre de ma peinture comme un scaphandrier emmené vers les fonds par ses semelles de plomb. J'étais un lanceur de couteaux, seul, dans son cirque, sans spectateur. Le beau mot de « couteau ». Avec lesquels je peignais mais qui désormais me semblaient trop fins et délicats. De petites pelles à tarte qui servaient à faire des confiseries de couleurs. Je n'en voulais plus. Je n'étais pas là pour peindre. Mais pour me laisser dévorer par l'inconnu. Que cette peinture devienne espace. Je n'en pouvais plus de la mettre en cage, dans un périmètre bordé comme dans un pré clos où ne pourraient galoper les chevaux sauvages. Les toiles ne se laissaient plus encadrer. Je devais les alléger, les rendre nues de tout cadre, de tout cliché, pour qu'elles deviennent des tapis volants. J'avais besoin d'évoluer parmi les ombres, de me perdre au-delà de l'écume pour trouver cette lumière que je recherchais. Il me fallait voler au-dessus de la mer, et je pressentais que ma peinture devait s'épaissir. Voler et être lourd en même temps, c'était un défi à la physique. Comme un écartèlement. Je devais me servir de la force de la tempête traversée à bord du *Jaguar*. La transformer.

De son côté, Marion avait repris son entraînement de plongée en apnée. Elle s'enfonçait dans les profondeurs en devenant de plus en plus légère. Elle multipliait les exercices respiratoires, se levait plus tôt le matin pour s'isoler et méditer dans un esprit résolument bouddhiste. La plongée et l'Asie confluaient. Elle s'absentait tout en étant immobile. Je sentais qu'elle partait loin, très loin. Que son âme s'élevait vers le col des nuages alors qu'elle semblait pétrifiée dans la passivité.

Je savais que pour ma peinture, il me fallait tout oublier. Oublier ce que j'avais vu, cru voir, les illusions, les musées, les tableaux, les lieux communs. Laver mon œil. Et je voyais Marion, ma femme, la mère de ma fille aller plus loin encore dans les profondeurs. S'enivrer, s'approcher de la narcose pour oublier peut-être ce qu'elle venait de découvrir au Vietnam, son histoire, sa terre, elle qui se pensait être une Bretonne de la mer, de la presqu'île. Nous étions comme deux violons l'un à côté de l'autre, composant apparemment la même musique, réunis dans un concerto unique. Et à y regarder de plus près, les sons, les mouvements n'étaient pas identiques, et même contraires, parce qu'il fallait bien se répondre. Nous partagions pourtant le plus secret de nous-mêmes. Peut-être existait-il encore plus loin une part dérobée que nous ne livrions pas à l'autre. Marion me racontait que ses descentes en apnée faisaient beaucoup de bruit à cause de la gueuse qui la tirait vers le fond. Ensuite seulement le silence, l'euphorie immense comme une tache d'encre de Chine qui embrasserait toute la feuille à dessin. L'apnée, c'était une manière de prolonger l'autarcie. Elle ne dépendait que d'elle-même pour respirer. Elle devenait son propre oxygène. Elle voyageait vers des espaces et des volumes auxquels n'accédaient pas les Terriens. Son corps et son âme semblaient aspirés par les profondeurs pour se fondre l'un dans l'autre, s'alléger, se métamorphoser, devenir un nouvel ensemble étranger aux humains. Elle évoluait à l'intérieur de l'océan, je naviguais à sa surface. Et pourtant, jamais je ne la vis autant empoigner le réel.

Quand enfin notre maison fut achevée, elle prit plaisir à recevoir des amis, ceux de notre enfance. Ils s'étaient éparpillés entres Vannes, Rennes, Nantes, Paris ou Bordeaux, mais revenaient le week-end ou lors des vacances scolaires dans la presqu'île. Marion que j'avais connue ne sachant pas préparer un plat, fuyant certaines nourritures, se mit à la cuisine. À sa façon, sans bruit, prenant un plaisir particulier à décorer la table de petits galets qu'elle vernissait et de bougies. Depuis notre voyage au Vietnam, il y avait toujours une bougie ou des bâtons d'encens allumés dans la maison de Saint-Julien et notre appartement de Brest.

Elle prolongeait les séjours à Quiberon en restant deux ou trois jours de plus quand de mon côté j'étais contraint de repartir dès le dimanche soir pour Brest. Je n'y passais qu'une nuit, triste, sans les miens. Et prenais la mer le lendemain matin. Cet appartement qu'au début j'aimais bien, je le considérais comme le lieu même de mon exil. Marion, elle, restait fidèle à la presqu'île. Je n'en connaissais que la surface, elle en explorait les fonds. Elle passait sans doute plus d'heures dans l'eau que sur la terre ferme. Elle découvrait les nouveaux territoires de l'apnée. Lorsqu'elle faisait ses exercices respiratoires dans le jardin, j'avais l'impression qu'elle se transformait en animal marin : mouvements de reptation, d'ondulation. Avec un pince-nez, une ceinture de plomb, elle apprenait à se poser sur les roches et à regarder les poissons, à se fondre parmi eux. Elle pouvait se montrer volubile sur les dorades royales, leurs bandes dorées, leur peau gris et bleu. Elle apprenait à carper, c'est-à-dire à gonfler d'air ses poumons. Elle qui fumait quelques cigarettes le soir cessa le tabac pour accroître sa capacité respiratoire. Dans l'eau, elle se montrait d'une autonomie parfaite, n'ayant même plus besoin de respirer. De ses plongées, elle revenait hallucinée d'avoir découvert des territoires et lumières inconnus. Mais c'était l'incommunicable, le secret. L'apnée l'occupait de plus en plus. Chaque samedi après-midi, elle partait avec son club au large de la presqu'île. Elle m'avait demandé si je pouvais garder Louise ou si je préférais qu'elle la laissât chez sa mère. Elle ne voulait surtout pas que mon week-end consacré à la peinture fût troublé.

Me retrouver seul avec ma fille, la regarder dormir, je prenais conscience que notre unité dépendait de nous trois. Je ne pouvais aller dans mon atelier mais je restais dans le salon à observer la mer en griffonnant mes carnets de croquis. Marion était en plongée, son âme amphibie sereine, légère, distante. Tandis que moi, j'avais l'impression d'être prisonnier dans un filet avec mes doutes, mes vertiges et mon âme, soumis à l'agitation et à la violence.

N'aurait-il pas fallu tout quitter, découvrir l'autre monde, l'Amérique de la French Line et ne pas demeurer dans la province, le finistère de la peinture. Quand je restais ainsi avec ma fille, je reprenais l'aquarelle. Du papier à grain, de l'eau, cette fluidité. Les pinceaux à calligraphie que j'avais trouvés au Vietnam. Je soufflais sur des gouttes d'eau qui dessinaient des roseaux colorés. J'avais l'impression de renouer avec une légèreté oubliée. Je travaillais de plus en plus lentement : le Vietnam avait agi sur moi aussi. Blanc de Chine que je laissais se diluer dans l'eau, pareil à des filaments de brume. J'étais ébloui par des éclats de lumière. Tout, autour de moi, là, sur la presqu'île, devenait luminescence. J'étais seul avec des éclats de phare dans les yeux. Notre fille dormait. Marion était sous l'océan. Et moi j'avais l'impression que les filaments de lumière et de couleurs m'enlaçaient. Marion plongeait à pic, droite, et se posait parfois sur un fond. Après ses plongées, il lui arrivait la nuit de faire des sauts de carpe, mais son sommeil était si profond qu'il ne servait à rien de lui parler pour l'apaiser.

Quand elle s'endormait, elle me tenait la main, qu'elle lâchait une fois gagnée par le sommeil. Autant, à bord, avais-je un équipage qui me portait et que j'emportais, autant dans ma peinture avais-je toujours été seul. Pas d'école de peinture, de groupes d'amis avec qui j'aurais pu parler de théories, avoir des conversations même fumeuses, me frotter aux courants. J'ignore si cela eût été une stimulation. Au moins avais-je été contraint au silence. Je ne sais si j'y avais gagné en force. Où en était la peinture dans le monde ? Je l'ignorais. Qu'avais-je fait de mon époque ? La presqu'île m'en avait tenu à l'écart. Les voyages, la mer m'avaient emmené vers le large et une autre musique. Mais le temps présent, son bruissement, sa réflexion. Je ne lui avais même pas tourné le dos. Je l'avais ignoré car je n'avais pas été contraint de m'y mêler.

Bretagne. Non, presqu'île ! Nef des fous, enfournant dans l'Atlantique, parfois Amérique ou même Afrique – la résine de ses pins au soleil. Brûlante, sableuse, vouée à la mer, exclusivement, tournant le dos au continent, aux Terriens, c'était elle la magicienne aux bras blancs. L'ensorceleuse avec ses voiles. Qui nous avait envoûtés et défaits de nos sens. Je titubais. Je me disais que c'étaient les vapeurs de térébenthine qui me déséquilibraient.

La beauté que je voyais devant mes yeux, étais-je capable de la transformer, de l'offrir à Marion, à Louise. Après tout, je n'étais qu'un peintre médiocre qui embêtait son monde. Même notre maison, entièrement rénovée, d'acier et de bois, je la trouvais déjà trop étroite, trop convenable pour mon appétit de démesure.

J'avais remarqué le hangar d'un ancien atelier naval à la sortie de la presqu'île, à Kerhostin. Il était à vendre. C'est ce qu'il me fallait mais nous étions lourdement endettés avec l'achat et la restauration de la maison. Et les tubes de peinture, le papier, les toiles devenaient un luxe. Parfois j'utilisais un tube d'acrylique ou d'huile en quelques minutes. Il m'était impossible d'être en rupture de couleurs. Je luttais. J'avais choisi un rouge japonais auquel j'ajoutais du jaune de cadmium. J'y passais toute une après-midi et ce fut comme un combat contre une créature mi-taureau, mi-monstre souterrain. Elle se laissait apprivoiser, m'échappait, se rétractait. Il faut beaucoup de couleur pour prétendre à la légèreté. Plus il y a de matière, plus on accède à la finesse. L'empâtement est une peau. J'aimais tout mélanger, l'huile et l'acrylique, l'aquarelle et l'encre de Chine. La craie et le fusain. La peinture souffre, recule, quand elle respecte les règles, les palettes, et ne joue que sur un registre. C'est comme si, acculé au mur des arènes, j'étais un gladiateur recourant à de multiples couteaux, pinceaux de plus en plus gros, de plus en plus larges. Racloirs. Enfin, je trouvais l'arme. Je m'emparais d'une tongue et d'une palme de Marion, qui ne servaient plus, et les utilisais pour étaler ma peinture. Tout ce rouge, j'en avais plein les mains. J'aurais pu en mettre sur mon visage. Les cercles de peinture ressemblent, quand ils comportent des striures, aux troncs d'arbres coupés : ce sont des lignes de vie. Ce fut une période pour moi de travail dense. Je commençai une nouvelle série à l'encre de Chine, au fusain et à l'aquarelle que je consacrais à Jean-

Sébastien Bach. Sa musique correspondait à ma solitude et aux vibrations que je ressentais devant la mer. Le bâton de fusain sur le papier crisse comme l'archet de crin sur le violon. Ce n'était plus la même mer qui m'obsédait. Depuis la tempête traversée à bord du *Jaguar*, je la voyais en noir. Une peau avec ses plis, ses crevasses. Étonnamment pour moi, c'était l'encre de Chine qui se révélait la plus proche de sa couleur. Noire au fond avec des reflets bleu nuit. Et le même parfum : âcre, salin. L'encre de Chine sur l'aquarelle dessinait des organismes sous-marins : étoiles, éponges, branchellions. C'était le nouvel univers de Marion et il représentait pour moi une nouvelle dimension picturale. Un univers où il n'y avait plus de rigidité, de parois, de séparation. Où tout était fondu, confondu, liquide.

Quand je parlai à Marion du hangar de réparation navale de Kerhostin, elle m'écouta en hochant la tête. Et lâcha ce constat :

— Tu ne te réjouis jamais de ce que tu as. Tu as déjà un atelier. La plus belle pièce de la maison. Mais tu as vu ce hangar ? Il est complètement croulant. Tu ne crois pas qu'on en a assez de chantiers ?

Elle m'avait dit ces mots sans énervement. Comme une évidence. Au fond, je me comportais comme un enfant gâté.

Quelques jours plus tard, Outre-Mère me fit comprendre qu'il devenait urgent de changer de voiture :

— Vous ne pouvez plus emmener Marion et Louise dans cette chignole.

Le mot chignole m'amusa. Il évoquait une perceuse. J'allais voir mes parents. À l'évidence, ma solde d'enseigne ne suffisait plus. Et ma nomination sur le tableau d'avancement au grade de lieutenant de vaisseau n'ouvrait pas de perspectives mirobolantes. Mon père me proposa de me prêter l'argent pour l'achat d'une voiture familiale et de m'accompagner pour une visite du chantier naval. S'il y en avait un qui croyait en ma peinture, c'était lui, et il s'était toujours moqué de l'argent. J'appelai le propriétaire et nous nous rendîmes dans la foulée à Kerhostin. Mon père et lui se connaissaient, ils avaient été pensionnaires ensemble à Vannes, se tutoyaient. Nous regardâmes ce hangar comme une vieille coque sublime à restaurer. Mon père avait des mains d'or pour les travaux manuels. Moi, je n'étais bon qu'à jeter des couleurs, à expulser des jets de tubes d'acrylique ou d'huile. Mais mon père était surtout fier que je peigne. Il avait été un clarinettiste hors pair de jazz dans sa jeunesse et comme les autres presqu'îliens avait dû gagner sa vie, prendre la mer. Que je sois entré à Navale ne l'avait pas impressionné. Il était totalement étranger à la chose militaire et appelait les hommes de la Royale, « les marins de salon ». Il voulait m'aider à continuer mon exploration de la peinture, à mener de front une vie maritime et familiale.

— N'en parle pas à ta mère, me dit-il en regagnant la voiture et en allumant une gitane.

— Que va dire Marion ?

— Elle a assez à faire avec la petite et la maison. Mets-la hors de tout cela.

Mon père portait beaucoup d'amour et d'admiration à Marion. Mais le hangar, le chantier naval, c'était notre histoire un peu clandestine entre père et fils.

Les jours suivants, je fis un portrait au fusain de Marion. Visage altier, cheveux qu'elle avait coupés encore plus courts depuis la naissance de Louise, grands yeux qui amplifiaient son visage, lèvres que je rendis plus épaisses. Je crois que j'allais jusqu'à la limite de la caricature. Elle était d'une beauté des années 20 ou 30, garçonne, ouverte aux pulsions de la mer, de la nature et au soleil. Elle avait cet air concentré. Tout en elle était intérieurement ramassé et son corps au contraire était un long étirement. Nous vivions dans un monde parallèle, je le sentais bien depuis que nous avions cette maison à Saint-Julien. Nous appréhendions un peu plus le silence et le vide ; elle dans sa plongée, moi dans mes aquarelles et mes encres de Chine. Marion continuait à avancer dans ses recherches sur l'*otium* mais elle ne me parlait plus guère de son projet de livre sur Skagen remplacé dans ses préoccupations par le Vietnam. Je me demandais si nous étions encore de ce monde, du monde des Terriens, des continentaux.

L'été approchait. J'ai le souvenir de grandes soirées, là dans notre jardin, tous les deux à regarder la baie. De soirées chaudes. Nous aurions pu nous croire aux Antilles si ce n'était le parfum des algues.

Mon père avait acheté le hangar du chantier de Kerhostin. C'était presque le prix d'une petite maison sur la presqu'île. « De toute façon, m'avait-il dit, ça pourra être utile à tes frères si tu ne l'utilises plus. » Pensait-il à mon plus jeune frère, architecte naval. Je pense qu'il voulait surtout se rassurer : c'était une affaire d'hommes qui devait rester entre nous, un serment de marin.

En mai, tous les bateaux de la ménagerie partirent de conserve pour la corvette *Gants Blancs*. Le *Tigre*, le *Léopard*, le *Lion*, le *Chacal*, le *Guépard*. En formation, nous nous déployâmes dans l'Atlantique, multipliant des exercices avec les avions, les hélicoptères, les frégates et avisos de l'escadre, nos aînés qui semblaient d'un coup nous accompagner dans notre conquête et liberté des mers. Je maîtrisais mon bateau. Mais des couleurs, que savais-je d'elles ? Nous fîmes escale à Santander et à Vigo avant de rallier Lisbonne où Marion vint me rejoindre par avion.

Il y eut tout d'abord la remontée du Tage en fin de matinée. Le pilote était à bord. Et j'eus le sentiment, quand nous passâmes devant Belém et le monastère des Hiéronymites, de quitter la mer que je connaissais où j'avais mes repères, pour pénétrer un univers nébuleux pailleté d'or. Une mer qui n'existait sur aucune de nos cartes.

Nous nous installâmes dans une pension de la rua Janelas Verdes. Ces trois jours d'escale étaient une parenthèse. Marion se révélait dans le voyage : elle prenait la parole. Nous étions allés dans des bars, à l'*Americano*, au *Pavillon chinois*. Nous avions dansé même dans une petite boîte de la rua da Atalaia. Lisbonne était une ville qui semblait venir de province pour s'ouvrir au monde. Des boutiques de mode apparaissaient, de jeunes créatrices vendaient leurs bijoux et vêtements. Nous allâmes au musée des Arts anciens voir *La Tentation de saint Antoine* de Jérôme Bosch et à la fondation Gulbenkian des tableaux de Vieira da Silva notamment son immense *Naufrage* qui datait de 1944. En surface, à Lisbonne, nous nous laissions rouler par l'air atlantique. Nous dévalions. Tramways, longs serpents jaunes, funiculaires, escaliers, jardins.

— Enfin, nous vivons, me dit Marion, alors que nous prenions un café le matin à une terrasse de la rua Garrett et qu'elle offrait son visage au soleil. Toi tu peins, tu navigues…

En même temps, elle me tendit sa main, longue, si fine. J'étais en effet, depuis notre escale à Lisbonne, repris par la fébrilité du croquis : palmiers, façades de maison, bars aux néons du quartier du port, cireurs de chaussures place du Commerce, et Marion, toujours là, en permanence. Sa phrase me toucha mais je ne dis rien. Elle qui avait trouvé refuge chez les anciens, murée derrière ses auteurs grecs et romains, qui avait dessiné autour d'elle son *otium*, ne se sentait bien que dans la contemplation, loin du bruit, idéalement enfermée dans la beauté, me parlait de la *vie*. Je devais peut-être me réjouir qu'elle articulât ces trois lettres.

Parler, c'était détruire, déchoir, décevoir. C'est aussi la vie. Cette vie dont nous ne savions peut-être rien, à laquelle nous avions tourné le dos pour la mer. Marion avait choisi la contemplation, le silence, rejeté le réel, préféré la natation. Et moi la navigation, puis la peinture. J'avais l'impression que nous étions sous l'eau, nous regardant avec des masques de plongée, faisant des bulles mais ne pouvant articuler un seul mot.

Je n'ai jamais su si le silence était un aveu de faiblesse, ou de force. Le symptôme du refus du monde. Mais est-ce parce qu'il nous rejette que nous nous taisons, alors que nous aurions voulu participer à la conversation générale? En quoi croyait Marion hormis au silence?

Début juin, je profitai d'un arrêt forcé du *Jaguar* à cause d'une avarie de machine pour rejoindre Marion au Vietnam. Nous prîmes nos quartiers à Saigon. Retour au Continental. Cette fois, nous filâmes vers le Mékong. Sadec, où nous passâmes une nuit sur une petite île, à l'ancien hôtel Morin. Les rames de la batelière qui faisaient penser à des pinceaux, son pyjama de soie ivoire, ses mouvements de bras croisés, le crépuscule qui rendait tout d'un mauve vineux jusqu'au pyjama de la femme qui nous poussait sur les flots vers la petite île. J'avais l'impression de réconcilier l'eau et le paysage, de tenir contre moi Marion – nous étions allongés au fond de la pirogue. J'admirais la souplesse des gestes de la batelière. C'est de cette agilité contre laquelle rien ne semblait se heurter que je devais m'approcher pour mes peintures. Cette fluidité qui est la vraie liberté, le détachement.

— Tu la trouves belle, me demanda Marion.

— Oui, dis-je spontanément.

Et j'embrassai Marion sur le front. Elle avait froid. Je sentis son sang glacé comme celui d'un serpent. Je la pris par les épaules. La nuit nous enveloppait. Les yeux fixés sur la rive de la petite île, la batelière nous surplomblait telle une danseuse marchant sur l'eau.

Nous prîmes le dîner dans le jardin de l'hôtel Morin. L'obscurité, telle une encre de Chine, la masse sombre du

Mékong, et, au sommet d'un mât planté dans le jardin, le drapeau vietnamien frappé de l'étoile jaune. Pour la première fois depuis qu'elle avait commencé l'entraînement intensif d'apnée, Bao Ngoc alluma une cigarette, une 555, dont elle avait acheté un paquet au bar de l'hôtel. Elle avait les jambes allongées sur une chaise en plastique, expirait la fumée par bouffées vers le ciel. J'allumai un cigare que j'avais emporté avec moi de France. Dans mon sac, j'aimais avoir, avec mes pinceaux, un étui à cigares, mes tubes en plastique pareils à ceux d'un chimiste où je déposais mes fusains, ces branches de vanille du peintre. Nous étions à Sadec.

Le lendemain au petit déjeuner, je trouvai Marion anormalement triste.

— Ça va, me dit-elle. Dépêchons-nous avant que la lumière ne soit trop haute d'aller glisser sur le Mékong.

L'expression m'avait frappé : glisser sur le Mékong.

Nous avions fixé rendez-vous à notre batelière et quand nous arrivâmes en avance au ponton, elle n'était pas encore là. À côté de l'embarcadère se trouvait un toit de tôle ondulée sous lequel de jeunes Vietnamiens jouaient au billard. Ils s'interrompirent en nous voyant et nous entourèrent.

— Pháp ! Pháp ! Français ! Français !

Ils voulurent nous emmener dans une maison juste en face où vivait disaient-ils un autre Pháp.

— Bon, allons-y, finit par dire Marion, puisque notre pirogue n'est pas là.

Ces jeunes enfants étaient fascinés par Marion : elle

parlait quelques mots de vietnamien et ils sentaient chez elle une part asiatique. Nous étions gênés d'entrer par effraction dans cette maison, poussés par ces jeunes Viets. Le Pháp était un habitant du sud-ouest de la France, au sang espagnol et aux cheveux noirs. Fils d'un militaire français et d'une Vietnamienne, il ne connaissait ni le prénom ni le nom de son père et sa mère était morte. Je fus sidéré de la façon dont Bao Ngoc parvenait à se faire comprendre en viet.

Un peu plus tard alors que nous glissions sur le fleuve, Marion me dit :

— Tu te rends compte, cet homme, c'est mon frère. Et il me dégoûte. Tu as senti ? Dès le matin, il pue l'alcool de riz.

Nous naviguions sur un bras du Mékong où croisaient de nombreux bateaux. Cela n'empêcha pas Marion d'enlever sa robe et de plonger dans cette eau si mêlée, boueuse, si différente de nos eaux de la presqu'île. Cette rencontre l'avait trop bouleversée pour qu'elle touche directement la terre ferme. Puis nous passâmes un bon moment dans un marché flottant. Chaque bateau portait au sommet de son mât un fruit : un ananas, une noix de coco... Nous abordâmes une barge qui arborait une papaye.

— J'ai soif, me dit Marion.

Et d'un coup de machette empruntée à la commerçante de la barge, elle trancha la papaye. Cette scène, je devais la revivre plusieurs fois dans mes rêves.

À Saigon, Marion devenait industrieuse. Elle passait son temps en rendez-vous qui eux-mêmes suscitaient de nouveaux contacts dans la petite communauté franco-vietnamienne composée de Français de nos âges, qui venaient de se lancer dans les affaires après un tour de l'Asie du sud-est en moto, de Vietnamiens diplômés qui avaient étudié à Moscou, de jeunes cadres du parti bien décidés à découvrir la pornographie du capitalisme.

Marion, ma Marion, la silentiaire, la Grecque, la contemplative, avait quitté sa presqu'île pour se mêler aux activités des hommes et prendre le masque de Bao Ngoc. Elle s'était entichée d'une Vietnamienne, Hoa, qui avait passé six années en Russie à étudier l'histoire de la classe ouvrière, qui se lançait maintenant dans la publicité et appelait ma femme « Pearl ». Je me demandais si Hoa n'était pas lesbienne.

Bao Ngoc me citait en exemple deux Français qui venaient de créer une agence de voyage, puis elle me lançait : « Viens je t'emmène à Châu Dôc », ou : « Viens, je t'emmène à Cân Tho. » Et nous partions sur le Mékong, découvrir des villes ou des îles dans lesquelles nous passions un ou deux jours. Je suivais Marion, faisais des croquis, des aquarelles. Je devenais silencieux à mon tour.

Après ce court séjour au Vietnam, nous rentrâmes dans notre presqu'île.

Un samedi matin, au réveil, elle était encore dans notre lit et moi assis sur le rebord, je lui avouai :

— Marion, mon père a acheté le hangar de Kerhostin pour que j'en fasse mon atelier.

Elle me regarda stupéfaite et au moment où je quittais la chambre, elle lâcha :

— Mais tu es fou.

Le jour même, en fin d'après-midi, alors qu'elle se trouvait encore à son club de plongée, je tombai sur Marc, mon plus vieil ami du Bois d'Amour, en sortant d'un magasin de bricolage où j'étais allé commander des panneaux de bois pour peindre. Nous allâmes boire un verre dans un café sur la place devant la poste. Il me demanda des nouvelles de Marion et je lui parlai de l'acquisition du chantier naval de Kerhostin.

— Tu vas finir par ne plus quitter la presqu'île, me dit-il.

Il venait d'arriver à Quiberon pour les vacances avec sa femme et ses deux garçons :

— Tu sais, me dit-il, j'ai vu la belle Gaëlle à Vannes cette semaine. Elle devrait se montrer discrète... Tout finit par se savoir.

J'acquiesçai comme si je savais. Alors que je ne savais rien. Et il me déroula l'épopée amoureuse d'Outre-Mère qui pour Marc demeurait la belle Gaëlle, cette déesse blonde, bretonne et asiatique qui nous avait enchantés. Au temps du tennis du Bois d'Amour, elle avait été la maîtresse de notre professeur de tennis, du poète de la presqu'île, et s'affichait désormais à Vannes avec un homme politique local dont elle était devenue l'inspiratrice, la conseillère. Elle avait été notre jeunesse, notre idée de la beauté.

— Tout de même si nous avions su à l'époque, nous aurions été peut-être moins paralysés. Nous aurions tenté notre chance. Mais elle devrait faire gaffe : crier partout que son mari n'assure pas au lit...

Marc laissa sa phrase en suspens. Et je ressentis la honte et la déception me recouvrir comme une ombre glaciale sur une place ensoleillée, parce que c'était la mère de Marion, et ce qui me restait d'attachement à la belle Gaëlle s'effondra.

Je dus faire un effort pour continuer la conversation avec Marc et regagner ma voiture. En descendant la rue de Verdun et en gagnant la place Hoche, je vis, au débouché de la Grande Plage, le Zodiac à armature du club de plongée de Marion rentrer à Port-Maria. Hommes et femmes-grenouilles, ils étaient debout dans leur combinaison noire qui les faisait ressembler à une armée de spectres.

Le chantier naval de Kerhostin fut l'affaire d'un père et d'un fils. Lieu de passation et de communion. Pendant plusieurs semaines, nous avons dégagé le bois, les pièces de mécanique, les pots de peinture. Nous avons fait place nette. Puis un menuisier s'est occupé de la charpente et de l'isolation, un zingueur a remplacé les tôles ondulées du toit par des ardoises – il m'aurait été impossible de travailler sous le martèlement de la pluie –, un maçon a coulé une dalle de béton. Enfin, j'allais pouvoir étaler des toiles sur vingt mètres. Je trouvai même un filet de chalut que je recouvris de peinture et avec lequel j'arpentai mes toiles.

Marion ignorait ce nouvel atelier que j'appelais le chantier. Pour elle, l'atelier c'était celui de notre maison de Saint-Julien qui me semblait plus un studio. À ses yeux, Kerhostin n'existait pas. Et quand nous passions sur la route devant lui, nous n'abordions pas le sujet.

Franchement, plus rien n'existait pour moi hormis mes

toiles posées à même le sol. Enfin plus de cadre, plus de chevalet. La peinture libre. Les forces jaillissaient de mon travail. Pour la première fois, j'avais l'impression de me livrer à un corps à corps avec mes aplats de couleurs. Je pouvais galoper, avancer sur la mer libre, sans idée préconçue, sans être aveuglé par tous les clichés des peintures de marine. Je déformais mes toiles comme une coque de bateau est déformée par une trop forte pression. J'étais un cheval de labour, un remorqueur tirant mon filet recouvert de matière, cette fois de l'encre de Chine.

Je passais mon temps sur la presqu'île à peindre et Marion à plonger en apnée. Sur la terrasse en bois de la maison, elle mimait ses plongées, les yeux fermés, et chronométrait son temps. Elle pouvait rester désormais en apnée près de trois minutes.

— En dessous, me disait-elle, c'est l'éternité. Plus rien n'a prise sur moi. L'eau glisse sur mon corps. Je suis dans l'unité.

Un dimanche, un visiteur arriva à l'atelier de Kerhostin. C'était un Parisien, en séjour à la thalassothérapie de Quiberon. Il se présenta comme galeriste et marchand d'art. Un homme grand, mince, aux cheveux blancs, coiffé d'un bob, qui m'annonça qu'il passait la moitié de sa vie aux USA. Je ne supportais pas d'être dérangé dans mon travail et jugeai grossière son intrusion. J'acceptai de lui montrer mon travail.

— Je suis prêt à tout vous prendre, me dit-il, mais vous travaillerez exclusivement pour moi. Vous ne le regretterez pas.

Il ne voulut jamais dire comment il était arrivé là, qui lui avait donné mon adresse, montré mes tableaux. Quand je rapportai à Marion cette visite, elle me dit froidement :

— Il n'y en a que pour toi.

Peu après, Marion repartit pour Saigon. Elle tenait à y aller seule. Elle voulait créer des affaires, s'associer à des Français pour lancer une ligne de décoration intérieure.

— Tu comprends, me dit-elle. Si nous y allons tous les trois, je n'avancerai pas. Ça ne sera pas drôle pour vous.

Le plus surprenant, c'était son vocabulaire, les mots volontaires qu'elle employait. Elle, si contemplative, silencieuse, avait ravivé son sang vietnamien. Elle avait besoin de développer cet aspect de sa personnalité resté trop enfoui. Outre-Mère gardait Louise et approuvait le projet de sa fille. Elle prenait sa revanche sur le Vietnam où elle avait été interdite de séjour. Marion porterait la lance.

En fait, je n'ai jamais autant travaillé ma peinture qu'en juin. Je terminais mon année de commandement à bord du *Jaguar*. Je retrouvai la maison de Saint-Julien et mon atelier à Kerhostin où il m'arrivait de m'endormir épuisé. Je me réveillais vers les 3 heures du matin, j'allais pisser sous les étoiles et respirer le parfum ammoniaqué du golfe de Plouharnel. Le matin, j'allais marcher vers les dunes et les pins de Penthièvre. Je revenais avec un sac ou deux de sable dont je me servais pour mes pigments. J'avais l'impression d'être dans le mouvement alors que je restais vissé à ma presqu'île. Tout me semblait fluide comme la peinture à l'huile, en perpétuel mouvement. Marion aussi était dans le mouvement. À un autre extrême, à l'est du monde. Il y avait une inversion des positions. Ce mois-là, je travaillais justement à une série sur les dunes de sable. Et puis le soir, à l'encre de Chine, je dessinais de petits pagodons, des chapeaux coniques. Marion.

J'allais voir ma fille chez Outre-Mère. Je l'emmenais déjeuner chez mes parents. J'adorais changer Louise sur la table à langer : enlever les scratchs des couches avec des gestes de chirurgien, rapides et cliniques, lui enduire les fesses de Mustela et l'embrasser sur le ventre avant de boutonner son body.

On me demandait si j'avais des nouvelles de Marion. Elle m'avait téléphoné une fois. Je l'avais immédiatement rassurée sur Louise.

— Tout va bien, me dit-elle. C'est formidable.

Pour moi, rien ne pouvait l'être si nous n'étions pas ensemble. Nous formions une trinité ou rien. Quant à la peinture, elle me donnait l'énergie sans laquelle je me désarticulais. Elle était la rupture, la force, la tempête. Et peut-être la guerre. Elle me permettait de traverser des territoires où j'accompagnais des âmes flottantes, des morts, les ressuscités aussi avec qui je dialoguais.

La peinture pour qui ? Pour quoi ? Cet étalement des couleurs. Contre la mort qui m'avait happé d'une certaine manière dès le plus jeune âge. Ma jeunesse avait été si libre, si sauvage. Non, il n'y avait pas eu de souffrance. Peut-être avais-je été trop battu par les flots ? J'avais pris conscience que j'étais tout simplement mortel. Et maintenant je m'empoisonnais avec mes couleurs, prisonnier de mes toiles que je voulais toujours plus grandes, plus vastes. Je voyais enfin l'île promise, la langue de sable, une barre où, au-delà, s'étalait le grand calme.

La presqu'île, la mer, la peinture. Je transformais le réel en le tenant à distance. Je croyais pouvoir vivre entouré de la beauté du monde. Mais lorsque je regardais mes tableaux, j'y voyais le chaos alors que Marion était l'harmonie. Pendant son voyage en Asie, j'imaginais Bao Ngoc souple, subtile, élégante et cristalline. Mais qu'importe, il me fallait accepter cette solitude pour avancer, un trait de lumière au milieu des ténèbres. Je m'accrochais alors à la presqu'île de notre enfance.

Marion revint de Saigon les bras chargés de cadeaux et d'objets de décoration. Elle s'occupa de Louise et, presque toutes les après-midi, partait en plongée. J'étais dans mon atelier de Kerhostin. Elle ne m'en parlait pas. Nous nous retrouvions le soir pour dîner et ensuite Marion travaillait tard dans la nuit à ses affaires, à ses nouveaux projets à Saigon. J'assistais à la métamorphose de ma femme en entrepreneuse. Début juillet, je naviguai à bord du *Jaguar*, Marion partit un week-end en stage de plongée à Nice. J'étais seul face à la toile. Je découvrais de nouvelles dimensions.

Le galeriste de Paris était revenu me voir au hangar et m'avait imposé un contrat d'exclusivité. Je l'avais signé, en pensant ouvrir une nouvelle vie. Celle en fin de compte dont j'avais toujours rêvée. La couleur qui me permettrait de dire adieu aux bateaux gris. Le soir même, j'invitai Marion au restaurant à Port-Maria.

— Je suis contente pour toi, me dit-elle. Tu as réussi ce que tu voulais.

Quand nous retrouvâmes la voiture sur le parking du port, elle me dit d'un ton résigné :

— C'est bizarre le mariage. Nous sommes ensemble et nous traçons chacun notre chemin, séparément.

Je la pris par l'épaule pour la réconforter en lui disant que nous allions être heureux, faire des voyages, partager notre vie entre la presqu'île et Saigon. Qu'elle écrirait son roman sur l'école de Skagen et moi je me consacrerai à la peinture. Ensemble. Mais je sentis en elle une tristesse définitive et lucide.

J'étais en mer depuis deux jours avec des élèves de l'École navale. Tous les bateaux de la ménagerie étaient de sortie pour la semaine, dispersés sur la façade Atlantique. Nous avions navigué en baie de Douarnenez et passions le raz de Sein. Je devais partir en septembre pour Saint-Mandrier suivre une année d'études pour compléter ma spécialité de canonnier. Je trouvais cela dérisoire et me disais que j'allais démissionner de la Marine.

Nous approchions de l'heure du dîner à bord. La lumière était couleur champagne, tendre, l'atmosphère décontractée à la passerelle. Je ressentais une certaine euphorie en pensant que j'allais enfin vivre l'aventure de la peinture, après avoir rompu les derniers engagements avec l'armée. J'étais encore militaire et j'y voyais une forme d'ironie. Les élèves se relayaient par groupe de quatre, l'un donnant les ordres de route, un autre la traçant sur la carte, les deux derniers se trouvant sur les ailerons pour faire le point. Le maître principal Visniak les entourait de ses conseils bienveillants. Son fils venait de réussir son bac et commençait des études de médecine. J'appréciais son amour de la transmission de notre métier envers les élèves. Tout filait. Vent de sud / sud-ouest force 3, état de la mer force 2. Visniak me parlait de ses vacances, accoudé à l'une des vitres de la passerelle, ses lunettes demi-lunes accrochées par un cordon pendaient sur son pull marin. Seuls les hommes doux et généreux sont supportables à bord d'un bateau. Il était le chef du carré des OMS mais je le conviai à ma table pour le dîner du soir :

— Le cuistot nous a promis des homards, lui dis-je.

— Merci, commandant. Mais je vous apporte une bouteille de vin blanc de mon beau-frère. Il a un vignoble dans le Cabardès.

C'est ainsi que je notai l'heure à la pendule de la passerelle : 18 h 50. Il y eut un message sur la VHF : « Message du Cross Étel : inquiétude sur deux apnéistes attendus au port de Quiberon pour 17 heures. Zone probable de plongée : entre Belle-Île et Hoëdic. Partis sur épave. »

Le maître principal Visniak s'approcha de la VHF. Pour augmenter le son.

— On n'est pas sur zone, dit-il. Mais le *Chacal* doit l'être.

Je sautai de mon fauteuil et lançai au chef de quart :

— Poussez les machines à fond !

Le temps de passer le rail de Sein, il y eut un nouveau message du Cross Étel : « Pour apnéistes en baie de Quiberon May Day. May Day. May day. Position estimée 47° 20' 1077 nord / 03'03 0087 ouest. »

Quand nous arrivâmes en baie de Quiberon, les corps de Marion et de son moniteur avaient été récupérés par les plongeurs du *Chacal*. Je laissai le commandement du *Jaguar* à mon second et me fis transborder en Zodiac à bord du *Chacal* où j'identifiai le corps de Marion qui, dans son sac de plastique, ressemblait à une gisante d'une abbaye bretonne. Son visage était cireux. La vieillesse avait soudain creusé ses traits.

Ce n'est qu'après son enterrement au cimetière de Quiberon que j'appris de la bouche de la femme du moniteur de plongée, Vincent L., la vérité : il entretenait une liaison avec Marion. Elle me remit cinq lettres d'amour écrites à son mari comme si elle abandonnait du linge sale qui ne lui appartenait pas. Elle avait une légère couperose aux pommettes comme souvent les Bretonnes exposées au grand air et de magnifiques yeux bleus.

— J'ai trois garçons, trois ados, à élever. Vous vous rendez compte. Votre femme – et elle insista sur les deux mots – n'avait rien d'autre à faire ?

— Je suis désolé, dis-je comme si je portais une part de responsabilité.

J'allai voir Outre-Mère.

— Marion avait un amant, lui dis-je.

Cela lui sembla sans importance.

— Pensez à Louise, je vous en prie, pensez à Louise. Rien d'autre ne compte.

Elle faisait front admirablement, debout, s'occupant de Louise qui demandait Marion :

— Où maman ? Où maman ?

J'avais perdu ma femme. Deux fois. Parce qu'elle avait quitté les vivants et qu'elle m'avait trompé. En allant chercher l'ivresse des profondeurs, elle avait succombé à la narcose. Elle vivait désormais dans son élément, l'eau et le silence.

J'ai quitté la Marine. Je travaille mes tableaux dans l'atelier de Kerhostin. C'est le seul endroit où je peux mettre Marion entre parenthèses. Elle n'y est jamais venue. Je m'occupe beaucoup de Louise pour qu'elle échappe à la malédiction d'Outre-Mère.

L'hiver, sur la côte sauvage, quand je vois deux grands oiseaux blancs survoler les flots, je me dis que, comme eux, Marion et moi sommes inséparables. Tout est écrit au fonds des mers. Nous ne sommes que des passagers libres et fluides dans notre monde ultra-marin.

Sainte-Marguerite-sur-Mer, Quiberon, Gentieu,
Ajaccio, Île d'Arz, Nuwara Eliya, 2012/2013.

Remerciements à Jean Bulot, Loïc Finaz, Isabelle Gallimard, Jean-Paul et Joëlle Kauffmann, Gérard et Sylvie Rondeau, Sylvain Tesson.

– à mes amis les écrivains et peintres de la Marine.

– aux commandants et équipages de l'*Étoile*, du *Jaguar*, de la *Jeanne-d'Arc*, du *Jean-Moulin*, du *Latouche-Tréville*, du *Vendémiaire* et du *Ventôse*.

Composition Entrelignes (64).
Achevé d'imprimer
sur Roto-Page
par l'Imprimerie Floch
à Mayenne, le 15 avril 2014.
Dépôt légal : avril 2014.
Numéro d'imprimeur : 86791.

ISBN 978-2-7152-3543-4 / Imprimé en France.

266911